回到月亮許諾的那天

Back To The Day

有關喜歡上你這件事，
我別無選擇，
也不願做其他選擇。

Misa——著

楔子

神呀，到目前爲止，我從沒做過什麼壞事，就連無傷大雅的謊言都沒說過。

雖然有點異想天開，但要是有世界好人選拔這種比賽，我不敢說自己能拿第一，至少也絕對能排進前十名吧？

或許我對社會還沒有太多貢獻，不過畢竟我才十七歲啊！

我作息規律，從不遲到早退，甚至從小學到國中都拿了全勤獎。平常還會自動自發地撿拾我家附近的垃圾，偶爾也會去流浪動物之家當志工。

在學校，以往雖沒有要好到假日會約出去玩的朋友，至少也不會遭遇分組時被同學們忽視的慘況。

我認眞念書、上課不打瞌睡也不聊天，服從老師與校方訂定的每個規範，始終走在正確的道路上，即使不到路見不平就拔刀相助，我也有著願意盡己所能的正義感。另外，爲了不得罪同儕，所以當老師私下詢問我班上的小道消息時，我也會守口如瓶。

然而或許是一直以來，我在同學們眼中都是「認眞優等生」或「老師的乖寶寶」的形象，加上有時我的確會因爲某些同學違反學校的規定，而稟報老師，雖然並非每次都是我告狀的，但每當老師不知用什麼方法得知了班上同學的小祕密時，班上就會充斥著一種「啊，一定是湯念心跟老師說了」的氛圍。

即便如此，小學和國中的時候，同學們並不會因此就排擠我，或者不跟我說話。

可是上了高中就不一樣了，高中生的團體意識更加強烈，許多人就算表現得一副想要特立獨行的樣子，事實上仍會選擇合群。而對大家來說，一板一眼的認眞學生——例如我——並不會被視爲合群的「同伴」。

我當然爲自己辯解過，我總是會告訴他們不是我打小報告的。他們相信多少，我不知道，我只知道，高中校園是個殘酷的地方，如果說學校是社會的縮影，那麼高中生活或許最接近社會現實的一面。

神呀。

或許我沒辦法討大多數人喜歡，但能不能看在我這十七年來活得如此端正的分上，給我一個奇蹟呢？

一個讓我在講臺上說話時，底下的人不會無視我的奇蹟？

一個讓我在報告老師交代的事項時，同學們不會嘲笑我是「老師的傳聲筒」的奇蹟？

一個讓我在體育課跑大隊接力掉棒子時，受到的鼓勵能多過責難的奇蹟？

一個讓我在因爲幫老師的忙而晚進到體育館觀賞比賽時，有同班同學幫忙留一個位子的奇蹟？

我並沒有被欺負，因爲他們沒有用肢體攻擊我，也沒有以過分的言語嘲諷我。

只是我依舊難受得哭泣，甚至不禁心想，我是不是天生就是個惹人厭的人呢？

是個性的問題？

長相的問題？

說話方式？

行爲模式？

呼吸的聲音、走路的樣子、身上的味道，還是講話的音調令人反感？

我是哪裡做錯了，才成爲這樣的人？

這樣一個，被忽視的人。

第一章

我繫好領結，將領口整齊地翻好，又順了順燙得平整的百褶裙，注視著鏡子中擁有黑色直髮的自己，髮尾以不違反校規的長度正好落在肩膀處。

接著，我在鏡子前練習扯開一個微笑。嗯，很好，看起來沒有不妥的地方。

離開房間前，我再次確認了下儀容，確定都完美無缺後，才背起書包走出去。

「念心，妳要出門了？」媽媽在餐桌邊煮咖啡，身上已經穿著整齊的上班套裝。

「嗯，今天我是值日生，要早點到，早餐在路上買就好。」我穿上鞋子，「那我走嘍。」

「路上小心。」媽媽對我微笑。

媽媽畢業於頂尖大學，並到國外留學取得了更高的學位，第一份工作便是坐擁高薪的主管職，但她卻被比自己年紀還大、職位較差的男人所吸引，那就是我的爸爸。

結婚生下我之後，他們經過一番討論，決定由收入高的媽媽負責家中開銷，而爸爸則成為家庭主夫。

雖然大家都說男主外、女主內的觀念已是過時的思想，事實上，能真正拋棄這種觀念的人卻少之又少。所以我認為，願意放下身段投入家庭的爸爸，是一個負責又帥氣的男人。

同時，我也視媽媽爲榜樣，希望自己有一天能和她一樣，依循自己的心意與最愛的人共組家庭，並且在工作上全力付出以換取一家溫飽。

可以生長在這樣的家庭，我眞是太幸福了。

如果我也能當個不愧對於自己，同時又讓他們感到驕傲的女兒就好了。

隨著離學校越來越近，我的腳步逐漸沉重，握緊書包背帶的手指也因用力而指尖泛白。

踏進校門，我深吸一口氣，告訴自己今天又是新的一天，不要慌張，到目前爲止一切都很好。

啊，我忘記買早餐了。

可是我已經進了校門，再走出去不太好。

我應該先去教室放書包，然後去福利社買麵包和牛奶，接著回教室……不，我應該要在外面吃完再回教室。

不對，我是値日生，必須先打掃完教室，才能去買早餐……

就在我邊走邊猶豫不決的時候，位於二樓的教室已經近在眼前。時間還不到七點，我告訴自己別擔心，教室裡一定沒有人。

即便如此，我仍是停下了腳步，深呼吸幾次以後，才往前走去。

教室內果然漆黑一片，我拿出鑰匙打開後門的鎖，撲鼻而來的是我們教室特有的花香，因為家裡開花店的趙勻寓每天都會帶來新鮮花卉作為裝飾。

昨天她帶的是百合，經過一夜，花香夾雜了些腐敗的氣味。我微微皺眉，先將書包放到自己在最後一排最後一個的座位，才去打開電燈和窗戶。

黑板上值日生的欄位寫著我和李齊珊的名字，然而一如既往的，李齊珊不會提早來和我一起完成工作。

但她不來，我也鬆了一口氣。

在難得安靜的教室中，享受著只屬於自己的獨處時光，我拿起掃把清理地板。掃把擦過地面的聲音，和外頭的微風及鳥鳴，令這個時刻顯得寧靜而美好，我不禁輕輕地哼起歌來。

「妳心情很好呢。」忽然，一道慵懶的聲音從後門傳來，我嚇了一大跳，手一鬆讓掃把掉到了地上，發出清脆的聲響。我回過頭，只見李齊珊雙手環胸，倚在後門邊，嘴裡還咬著奶茶的吸管。

「李……齊珊，妳怎麼……來了？」我嚇得結結巴巴，剛才的好心情頓時煙消雲散，彷彿有烏雲籠罩下來。

這樣的場景才是我真正的校園生活。

「奇怪。」李齊珊細長的鳳眼微瞇，薄唇勾起，隨著她抬起下巴的動作，及肩短髮朝黑板的方向微微擺動，「我是值日生，難道不用來？」

「這……我只是因爲，妳之前都……」我小聲地說，往後退了些。

「怎樣？妳要抱怨我之前都沒提早來，把工作丟給妳做嗎？」她踏進教室，將自己的書包往座位一丟，「之前幾次我不是解釋過，那是因爲我家有事。」

「不是，我只是……」

「妳那態度是怎樣，好像我欺負妳一樣！」她不耐煩地嘖了聲，「看了就煩。」

我不能哭，她的確沒欺負我，是我先入爲主地以爲她無意分擔工作。

所以我趕緊撿起掃把，想告訴李齊珊有哪邊還沒打掃，但是一轉過頭，李齊珊已經戴上耳機玩起手機。

「那個，李齊珊……」

她音樂開得很大聲，我站在和她隔了五排座位的距離，也能聽見從耳機傳出的旋律。

於是我只能轉頭，默默地繼續掃地。雖然仍是有微風和鳥鳴，百合花的香氣也依舊，一切卻宛如混入了黑色雜質，空氣變得混濁，使我呼吸困難。

七點十分左右，值日生的工作只剩下將花瓶裡的花清掉即可，於是我將清掃用具收進位於後走廊的工具櫃，準備回教室拿花瓶，卻見到李齊珊正拿起花瓶。

同時，幾個同學踏進教室，包含又帶來一束百合花的趙匀寓。

「齊珊，妳今天是值日生呀。」趙勻寓的黑色長髮十分飄逸，無論在任何季節都不顯毛躁，柔順得和代言洗髮精的廣告女星一樣。總是帶著花束的她，在校園裡有一個外號，叫做花公主。

「是呀，我很早就來嘍。」李齊珊一笑，將花瓶拿在手上，「先等等，我把花瓶清空。」

「辛苦妳啦。」趙勻寓微笑著走向她的位子，她的座位就在我前方，可是她並沒有多看我一眼。

「另一個值日生倒是都沒做事呀。」跟趙勻寓一起來的還有程嘉妏，聽說她和趙勻寓念同所國中。她是班上最能言善道的女生，代表我們學校參加過好幾次辯論比賽。

我縮了一下，趕緊說：「我有打掃，剛才都是我在掃的！」

程嘉妏皺眉，「幹麼？我又不是說妳偷懶。」

「可是妳剛才……」我愣了下。

「開個玩笑不行喔。」程嘉妏擺擺手，也往她的座位走，「而且我眞的一進教室就看見李齊珊在清花瓶，而妳站在那邊發呆啊。」

「那是因爲我該做的都做完了，一開始李齊珊是在自己的位子上玩手機！」我急著解釋，反倒換來大家的白眼。

「我以爲妳事情都做完了，妳又沒告訴我該做什麼，所以我才玩手機。那我看到花瓶還沒清就去清不行嗎？」李齊珊端著換了水的花瓶返回教室，皺眉看我，「妳眞是馬後砲耶。」

「別吵了，又不是什麼大事。」趙匀寓將百合插入花瓶，「有差嗎？反正都是值日生該做的。」

「我就不曉得她在計較什麼，要我幫忙不會直接說？」李齊珊聳肩，和趙匀寓一同整理花束。

我覺得十分委屈，又認爲自己不該沉默，必須說出內心的想法，所以我鼓起勇氣，「那個，既然是値日生的話，不應該我要妳做什麼妳才動作吧……看到我在做的時候，妳就要自己找事情做……」

「好啦好啦，我知道了。」李齊珊打斷我的話，「眞是吵死了。」

「什麼都要解釋，有夠煩。」程嘉妏哼了聲，坐在她的位子上吃起早餐。

我再次感到委屈無比，搞不懂李齊珊究竟是故意的，還是我眞的錯了，我的確有責任提醒她幫忙。

默默走回自己的座位，我想起自己還沒吃早餐，於是拿起錢包前往合作社。途中遇到班上的其他同學，他們有說有笑的，見到我僅僅只是瞥了眼，並沒有打招呼。

「早安。」在擦身而過的瞬間，我率先開口，他們似乎嚇了一跳。

「早喔。」丟下這句敷衍的回應，他們竊笑著離開。

「幹麼忽然打招呼？好怪。」我聽見他們的耳語。

我該怎麼做，才不會讓自己格格不入？

是什麼時候變成這樣的？高一時都很正常呀，我還當了班長，同學們不會在我說話時竊竊私語，這種狀況是從什麼時候——

「啊！」

經過轉角時，我撞上了一個男生，而且是一頭撞在他的胸膛上。我摀著額頭抬起目光，對上一雙銳利的眼神。

是周帷念。

周帷念手裡拿著福利社買的麵包，濃眉大眼的他總是一副在生氣的樣子。他比同齡的男生高上不少，我雖然有一百六十公分，站在他面前仍覺得壓迫不已。

「對、對不起。」我馬上道歉，並低著頭往後退。

他站在我面前好一會，灰白相間的球鞋停佇在原地，時間久到讓我開始考慮是否要繞過他繼續往前走時，他才移動腳步。

我鬆了一口氣，回過頭望著他高大的背影。下襬沒紮進褲頭的白色襯衫，搭上隨意斜背的書包，周帷念雖沉默寡言，一舉一動卻散發英氣，儼然就是小說中會出現的男主角。

也就在這瞬間，我想起了自己被忽視的原因。

高一的時候，我在班上雖沒有特別要好的朋友，至少和大家還有話聊，不像現在每個人對我都話中帶刺。

都是因爲周帷念。

高一的某日，我和他一同當值日生。那天我很早就到了，但周帷念比我更早到，他坐在教室裡發呆，我正要跟他道早，卻見到了不可置信的畫面。

他從書包裡拿出一根菸，用打火機點燃後，放進嘴裡吸了口。

接著他用力咳嗽，那根菸也掉到了桌上，把上頭的塑膠墊燒出一個洞，教室內頓時充滿菸味。

「你在做什麼！」我立刻大喊，並撕開自己手上那杯奶茶的封膜，將奶茶往他的桌上一倒，把菸弄熄。桌面、地板和周帷念的褲子瞬間都被奶茶打溼，菸味和奶茶的味道混雜在一起，變成了奇怪的氣味。

「妳才做什麼！」他吼我，讓我嚇了好大一跳。

「你、你在教室……怎麼可以抽菸！而且你未滿十八歲！」我劈頭指責他，想起了禁菸廣告中的警語，「抽菸會得肺癌！會死掉！」

聽了我的話，周帷念的眼神變得十分恐怖。

我嚇到了，即便明白自己說的話沒錯，我依然忍不住想縮起身子。他那雙大眼睛瞪著我好一會，不知是我的錯覺，或是周帷念被煙霧熏了眼睛，我彷彿看見他眼裡含著淚水，不過那逼人的視線還是令我移開了目光。

而後，周帷念拿起書包，逕自離開教室。

「你、你要去哪？」我鼓起最後的勇氣質問，他卻連腳步都沒停，就這樣走了。

菸味殘留在空氣中，一時無法散去，我打量著一片狼藉的桌面和地板，只能自己動手清理。

就算將窗戶全部打開通風，那不該在校園出現的氣味還是無比明顯，直到在這之後第一位來到教室的同學——也就是李齊珊——出現，那味道仍十分強烈。李齊珊皺了皺眉，問我：「這是菸味對不對？」

「嗯。」當時我已經整理完畢，坐在位子上複習等會的小考範圍，而其他同學也陸續進來。

「我的天啊，這是菸味嗎？」程嘉妏一來便大聲嚷嚷。

「太誇張了吧，是不是外面有人抽菸才飄進來的？」莊騏安戴著黑框眼鏡，模樣看似斯文，在班上卻屬於調皮搗蛋的類型，但同時也十分熱心。他立刻跑到後走廊往樓下張望，很快又轉回來，「樓下沒人抽菸。」

「我早上一來就聞到了，外面飄進來的不會殘留這麼久吧。」程嘉妏聳肩，「湯念心，妳來的時候就有菸味了對吧？」

我點頭，低聲開口：「是周帷念。」

全班同學瞪大眼睛，一時無法反應過來，嬌小的林映辰指了一下黑板上的名字，以甜美的娃娃音問：「周帷念遲到了嗎？他也是今天的值日生呢。」

「我進教室的時候，周帷念正在抽菸。」我再次說。

「什麼？」大家似乎終於明白，無不露出訝異的表情。出乎意料的是，他們抓抓頭、面面相覷了一會，就沒有其他下文了。

我知道周帷念平時雖然不太說話，既不是不良少年也不是資優生，可是高大帥氣的他依舊受歡迎。

大家都喜歡他，不過我認爲做錯了事還是要受到懲罰才對。

「果然是帷念……」李齊珊喃喃自語，而莊騏安聳聳肩，回到了座位。

彷彿什麼都沒發生過一樣。

或許是我的心理作用，明明菸味逐漸轉淡了，卻依然在鼻尖久久不散。

第一節課開始時，菸味已經消失，但莫名的使命感讓我想要向老師稟報。

「周帷念沒來啊，有同學知道他今天怎麼了嗎？」班導邱政翔老師自大學畢業沒幾年，模樣仍像個大學生，我們班據說是他帶的第一個班級。

他每天都騎腳踏車來學校，總是背著款式相當書卷氣的背包，還乖巧地戴著安全帽。有一次我曾看見他在等紅綠燈時，被一個老奶奶問路，結果他直接把腳踏車停在路邊，領著老奶奶去目的地，所以那天他遲到了。

這樣一個老師，我想，他肯定能好好處理這件事。

「老師！」我筆直地舉起手，覺得自己此刻想必顯得正義感十足，「我今天和周帷念一起當值日生。」

「喔，那……」

「他在教室抽菸，被我制止後就離開了，我不確定他是蹺課還是會請假。」我照實說。

我想，那便是我犯的第一個錯誤。

當時我太篤定自己做的是對的，沒注意到同學們投來的目光都帶著譴責，也沒注意到李齊珊發出明顯的「嘖」一聲。那一刻，我以爲自己是守護秩序的正義之士，而不是出賣同學的抓耙仔。

下課後，邱老師要我一起去導師室，我想他是要問我詳細狀況，於是起身要離開。

「湯念心，妳剛才爲什麼要跟邱政翔說？」邱老師前腳才走出去，李齊珊就馬上擋在我面前。

她是以全名稱呼邱政翔老師，不是喊邱老師，也不是喊老師。

「爲什麼不說?」我疑惑地反問。

李齊珊好像覺得我在挑釁,她的表情更不愉快,高聲道:「妳怎麼可以跟邱政翔打周帷念的小報告?」

「這怎麼會是打小報告?周帷念做錯事了,我據實以告沒有錯啊!」我辯駁。

「如果邱政翔自己發現了,他問妳,妳照實回答,那沒有問題。可是邱政翔根本沒問,妳就刻意講,這就是打小報告!」李齊珊說得義正辭嚴。

「這不是重點吧,假設妳發現鄰居在吸毒,卻不報警,等後來出了問題才說不知道會這樣,這並不對啊!」我理直氣壯回應,李齊珊氣得咬牙切齒。

「好了啦,湯念心說的是沒錯。」程嘉妏走過來拍拍李齊珊的肩膀,然後看著我,「可是李齊珊說的也沒錯。」

「怎麼會沒錯?我才沒有錯呀。」我無法嚥下這口氣,畢竟我的處理方式是正確的。

「老師不是找妳嗎?快去吧。」趙匀寓淡淡開口。

我沒有再多看她們一眼,隨即轉身離去,隱約能夠聽見班上同學竊竊私語著「湯念心太誇張」之類的話。

接著,我又聽見李齊珊大聲地說:「同學們,我跟你們說,周帷念……」但後面我就因爲走遠了而聽不清了。

我想，她多半是要說周帷念是我們的同學，所以該對他睜一隻眼閉一隻眼這種話，可是，我眞的沒有做錯啊。

當我來到導師室時，正在講電話的邱老師笑著向我招手，並在我走進去時掛斷了電話。

「我剛才打電話給周帷念的家人了，他今天請假。」邱老師把一旁的椅子拉過來，要我坐下。

「老師有跟他父母說他抽菸的事嗎？」

我的說話聲不算大，就是一般的音量，不過邱老師好像不希望被其他人聽到，他東張西望了下，豎起食指示意我壓低聲音。

「這件事妳就不要再跟其他人講了，好嗎？」

我瞪大眼睛，不敢相信會聽到這樣的囑咐。我倒抽一口氣，「老師，你是說……所以你剛才並沒有告訴他父母，是嗎？」

邱老師抓著頭，露出有些尷尬的笑容，「念心呀，我知道妳是一個認眞的好學生，不過事情到這裡就好，可以嗎？」

「老師，你認爲我做錯了嗎？」我覺得有點委屈，握緊的拳頭微微顫抖。

「當然沒錯，只是，老師會希望下次如果再發生類似狀況，或許妳應該私下跟我說，而不是在班上直接……」他停頓了下，也許是意識到這麼說不妥，「我肯定妳的認眞和主動告知，這一點是正確的，只是我不免擔心，妳這樣做是不是會讓妳之後在和班上同學相處時，遇到困擾。」

我站起來，咬著下唇，「我覺得我沒有錯。」

「當然沒錯。」邱老師也起身，似乎要安撫我，卻一時說不出其他的話。

鐘聲響起，我立刻朝老師敬禮，「我先回去了。」

轉身離開時，我透過邱老師映在窗玻璃上的身影看見他正抓著頭，喃喃自語：「我當導師還是太嫩了啊……」

委屈的淚水在眼眶中打轉，但我很快擦乾，抬頭挺胸地踏進教室。

一切大概就是從那時開始產生變化的。

同學們用一種奇怪的目光盯著我，直到我回到座位，然後他們低聲交頭接耳。

自那天起，大家便若有意似無意地忽視了我。

「等等要收作業，請大家放到我的桌上。」我說。

然而所有人只把作業簿放在講桌上。

「下一節的數學課臨時和音樂課調課，請大家前往音樂教室，值日生要負責關……」

沒有哀號，沒有抱怨，所有人拿起課本就往外走，我話都還沒說完。當天的值日生也沒有留下來關門窗，無論我怎麼喊他們，他們都像沒聽見似的。

「莊騏安、程嘉妏，要關門窗！」

「班長關不就好了？」一聲冷笑從後方傳來，我回頭一看，是林映辰。她帶著可愛的微笑，跑到了周帷念身邊。

「帷念，我們一起去教室吧。」

周帷念瞥了我一眼，又瞄了下林映辰，拿起課本逕自走出教室。

「等等我啦！」林映辰趕緊小跑步追上，教室裡頓時只剩我一個人。

不能這樣下去，我不能任由自己被無視。

畢竟我做的事情是正確的。

我立刻關好門窗，心想假如今天是媽媽面臨這種情況，她一定能堅定地向班上同學說明自己的立場。

於是，我往音樂教室跑去，在我踏進教室的瞬間，並沒有人望過來，也沒有人安靜下來，大家都繼續做著自己的事，聊天、吹笛子或玩手機。我站到講臺上，決定趁老師還沒來之前，發表一場「演說」。

「我做錯了什麼嗎？我跟老師說周帷念抽菸錯了嗎？難道我要包庇他，或是默不作聲？」即使嗓音微微顫抖，抓緊講桌桌緣的手也冒出冷汗，我仍要替自己辯駁，我不想默默承受，我得努力澄清才行。

「你們都知道我做的是對的，爲什麼要無視我？難道就因爲大家都喜歡周帷念，就選擇安安靜靜地看他犯錯？如果學校像是小型的社會，那麼大家就都是會包庇罪犯的人了，這樣的社會怎麼能有良好的風氣？正因爲喜歡他，才應該糾正他不是嗎？所以……」

「夠了沒？」李齊珊冷不防用力拍了下桌子，站起來瞪我，「妳屁話很多啊。」

「我……」我嚇了一大跳，我以爲他們會低頭反省，然而全班同學都以譴責的目光注視我。

「每個班級裡都會有這樣的抓耙仔呢。」莊騏安將手枕在腦後，勾起嘴角。

「讓這件事情過去不行嗎？」趙匀寓翻了個白眼。

「妳眞的很會說呢，不然下次有演講比賽的話，換妳去參加如何？」程嘉妏笑了聲。

「好辯的女人不會受歡迎喔。」

「誇張，我聽不下去。」

「下來好不好？」

「可以閉嘴嗎？」

嘲諷的話語此起彼落，當下我的腳有如生了根，無法動彈。眼前的一切彷彿扭曲成一個漩渦，我開始感到暈眩。

「好了。」周帷念忽然喊，教室內頓時安靜。周帷念站了起來，高大的身材顯得格外有壓迫感。他雙手插在口袋看著我，又環顧所有人，接著做出了我意料之外的舉動。

他雙手貼在身側，彎腰向大家行禮，「很抱歉我做了不好的示範，造成大家的困擾，也讓湯念心爲難了。」

全班同學愕然，我也是。

我沒有希望他道歉，我只是想爲自己出口氣，我只是不想讓自己莫名其妙被無視，尤其我並沒有做錯。

周帷念抬起頭看過來，然後再對我行禮，「妳做的沒錯，是我錯了。」

說完，他拿起音樂課本就離開教室。

「周帷念！」李齊珊大喊，追了出去。

全班開始騷動，林映辰淚眼汪汪地起身，指著我怒道：「這下子妳高興了吧？」

「我、我不是……」

「就別解釋了吧？」趙勻寓盯著我，長長的睫毛眨動，「多說有時候多錯呢。」

那一瞬間，我彷彿被拉進了無盡深淵。

從此，我再也不明白該如何分辨事情的對錯了。

思緒飄回現在，我趕緊轉身前往福利社，不再去看周帷念的背影。

買了炒麵麵包和牛奶，我準備在校園裡的空中花園吃完才回教室。花園中嗅得到淡淡花香，還不時能聽見清脆鳥鳴，我找了個角落，拆開炒麵麵包的包裝，說了句「我要開動了」，便大口享用起來。

但不知爲什麼，吃著吃著，我流下了眼淚。我想拿出面紙擦乾，卻發現自己沒帶。

「妳在哭嗎？」一句疑問從後方傳來，我一回頭，見到一個男孩。他雙手撐著膝蓋，站在另一張長椅上，睜著漂亮的雙眼俯身看我。

「啊，是麵包太辣。」我趕緊隨便找個藉口。

「炒麵麵包會辣？」他好笑地說，然後跳下了椅子走到我身旁，「妳好像偶爾會來這邊吃早餐對吧？」

我打量著他，我沒見過他，他怎麼會曉得我常來這裡？

有時來不及在家吃早餐，或者輪到我擔任值日生時，我便會來空中花園吃早餐。畢竟教室的氣氛讓我無法喘息，其實如果可以，午餐我也想在這裡吃，可是李齊珊她們有時也會來空中花園吃午餐。

「你是……」

「喔喔！」他用跳的方式轉身，手臂朝兩旁張開，又忽然把一隻手伸過來，「自我介紹，我叫葉晨，三年級的。」

一聽到他是三年級的學長，我連忙把麵包放下來，也起身要和他握手，卻驚覺自己手上沾滿了炒麵麵包的醬汁，於是慌張地把手縮回。

「那個，我是二年一班的學妹，我叫湯念心。」

「哇，念心，有沒有人說過妳是一個很認眞的人呢？」他微微一笑，彎起的雙眼有如新月，略帶褐色的亂髮飄動，像漫畫裡頭的美少年。

這句話令我想起班上同學們說過的話，我垂下目光，「認眞……不好嗎？」

「沒有不好呀。」葉晨學長收回手，又跳上一旁的長椅，雙臂張開保持平衡走著。

「那爲什麼大家要因爲我的認眞，而……」說著，我再次想到了趙勻寓那句「多說多錯」，於是沒把話說完。

我重新坐下來，默默吃著炒麵麵包，而葉晨學長也不再與我搭話，只是像個孩子一樣繞著空中花園的長椅跳啊跳，直到第一節課的鐘聲響起，我收拾好垃圾丟進垃圾桶，他都似乎還沒打算離開，依舊在那自顧自玩著。

如果他知道我時常在這裡，那爲什麼我來過這麼多次，卻從來沒發現或遇見過他？

「學長，你不回去上課嗎？」我問。

「當然要，不過第一節課要考試，有點懶呢。」他從椅子上跳下來，旋轉了一圈，雙臂又朝兩旁張開。

「學測快到了，學長還是乖一點比較好喔。」我忍不住提醒。

「哈哈，認眞的好學生。」他對我擺擺手，再度跳上椅子，還是沒打算回教室。

就在我轉身要離開空中花園時，一個長髮飄逸的女生和我擦肩而過。

「哇！對不起！」她沒多停留，只管向前跑，「葉晨——」

「哇！妳又來！」葉晨學長聞聲色變，拔腿就逃。

「你不要跑，我要問清楚！」長髮女生追著，她的模樣有點眼熟，好像是別班的班長，但我沒去探究便離開了。

離教室越近，我的步伐越是沈重。

然而一抵達教室，我卻發現裡頭沒人，頓時大吃一驚。

這是怎麼回事？

臨時換教室了嗎？還是怎麼了？

我跑到座位旁確認壓在透明桌墊底下的課表，第一節是邱老師的國文課，除非臨時調課，否則國文課應該都會在班級教室上。

黑板上什麼也沒寫，照理說，需要換教室的話，值日生會把訊息寫在黑板，以防遲到或者出公差的人不知情。

於是我又跑到講桌旁翻開點名簿，確認今天有沒有人未到，但是沒有。

所以只有我嗎？我被丟了下來？

不行，我不能哭，哭不能解決問題，我必須快點找到該去的教室。

最簡單的方式當然是傳訊息問同學，可是我很清楚不會有人理我。所以對我而言，最快的方法是去導師室確認。

在奔往導師室的途中，我還是不爭氣地掉下了眼淚。

「邱政翔老師今天有來呀。」導師室裡只有一位女老師在，她似乎很訝異我的到來，「怎麼了嗎？」

「因爲我……晚進教室，但我們教室都沒人，我不知道……」我越講越小聲，覺得自己好丟臉。

女老師輕輕皺了眉，「是臨時換教室嗎？你們班同學怎麼沒提醒妳呀。下次不要晚進教室。」她一邊碎念一邊走到一旁查看登記表，「有了，二年一班這節臨時和下午第一節的理化課對調，所以妳該去理化教室。」

「謝謝老師！」我趕緊說，又跑回教室要拿理化課本。

當我回到教室的時候，卻撞見程嘉妏紅著眼睛從裡面跑出來，差點就與她相撞。

她見到我顯然十分驚訝，先是回頭望了教室一眼，才對我說道：「妳要是敢亂說就死定了。」

這番沒頭沒腦的威嚇令我感到疑惑，還來不及問些什麼，她就跑遠了。

踏進空無一人的教室，我拿出自己的理化課本，在準備離開時，想起了應該要鎖門窗。接著，我注意到黑板上寫著值日生是程嘉妏和楊景儒，莫名的叛逆念頭突然升起。

爲什麼我要幫他們鎖門窗？這不是值日生的責任嗎？

值日生必須把換教室的事寫在黑板上、必須留下來鎖門窗，而不是什麼都沒做就走掉，還莫名其妙威脅我。

所以我決定直接離開。

可是一出教室，我發現程嘉妏還站在樓梯那裡，原本的氣勢頓時又消失了。她拿著理化課本走回來，怒視著我好一會。

「怎、怎麼了？」

她的目光在我身上打轉，又瞄了眼教室裡頭，才慢慢開口：「我回來鎖門窗。」

「那、那我先去理化教室。」

她沒有回話，逕自走進教室。

我以爲她很就會出來，畢竟只是鎖個門窗，但直到我爬上樓梯前回頭瞧去，都沒見她走出來。

等我抵達理化教室的時候，已經晚了五分鐘，理化老師是個性格古怪的大叔，他對於我的遲到不太高興，立刻要求我上臺解答他剛寫下的題目。

幸好我昨天晚上有預習，所以順利過關，這時程嘉妏才慢吞吞地踏進教室。

「又一個遲到，你們班是怎麼回事？就算是臨時換教室，也不能這樣散漫吧？」理化老師生氣地說。

程嘉妏動作的確有點慢，不過她是回教室鎖門窗，老實告知的話，理化老師應該能諒解。

「我剛才在幫邱老師準備講義，所以晚了一點，對不起。」但程嘉妏的回答讓我愣住了。

她這是公然說謊，她剛才明明在教室裡啊！

「是嗎？那快點回座位。」理化老師沒再多問，「你們已經二年級了，要多用點心！」

我瞪大眼睛盯著程嘉妏，而她在經過我身邊時斜了我一眼，眼神彷彿在要我別多管閒事。

我連忙低下頭，一整節課都心不在焉，好奇著她爲什麼要說謊。

而這個問題很快就有了答案。

「幹！我的手機呢？」

「媽的，我今天要買參考書的錢呢？」

「等一下，我的漫畫咧？」

上完理化課回到教室，許多人都發現自己有東西不見了，其中最慘的當屬總務股長遺失了三千塊的班費。

「怎麼回事？剛剛第一個回來的人是誰？門沒鎖？」趙勻寓一邊檢查自己的物品一邊問。

「鑰匙我負責保管的，門有鎖啊！」楊景儒說完，又補了一句，「好在我錢包帶在身上，才沒被偷。」

「清點一下，有誰東西不見了？」林映辰是風紀股長，她趕緊跑上講臺拿起粉筆準備統計。

此時總務股長已經哭成淚人兒，她說自己每次離開教室都會帶著班費，唯獨這一次臨時換教室忘記，就被偷走了。

校園裡發生竊案偶有耳聞，只是大家都沒想到自己的班級會遭遇這種事。

「程嘉妏，妳什麼時候鎖門的？」趙勻寓轉頭問程嘉妏，程嘉妏咬著拇指指甲，似乎有點慌張。

「我、我是……」她瞥了我一眼，「我去幫邱老師準備講義，回教室的時候大概是八點八分吧，所以是那時候鎖門的。」

說謊！

我在內心吶喊。

她明明就在教室裡，我進去前跟離開後她都在，她怎麼會說謊！

「妳讓教室空了八分鐘？怎麼沒馬上鎖門？」莊騏安指責。

「因爲我要等湯念心呀，她又不知道換教室，門總是要開著讓她拿課本吧。」多正當的理由，所有人同時把目光轉向我。

「妳什麼時候回來拿課本的？」趙勻寓問。

程嘉妏死死盯著我，顯然在警告我別提起曾遇到她。

「我、我是三分左右來拿課本，然後就去理化教室了……」

「三分？程嘉妏八分才鎖門，這中間空了五分鐘耶！」李齊珊怪叫，「所以程嘉妏妳當時在哪裡幫邱老師的忙？」

「我在、在導師室，然後回來教室的時候沒看到人，我想也不能再等了，就鎖門離開。」程嘉妏邊說邊撇過頭，不和我對視。

我不敢置信，她滿口謊言，是很篤定我不會戳破她嗎？還是認爲沒人會相信我？

「那妳離開時爲什麼不順便鎖門？」楊景儒忽然把矛頭指向我，語氣帶著責怪之意。

他是學校籃球校隊的王牌，班上同學都以他爲榮，因此他也算是班上的領導人物之一。

「因為、因為那是值日生的工作……」我看著程嘉妏，不敢說自己其實還有點報復心態。

「喔，對，都是我和程嘉妏的責任！」楊景儒語帶諷刺。

「所以怎樣？是值日生的工作，妳就不用鎖門？」林映辰跟著搭腔。

「可是、可是，我不知道值日生有沒有帶鑰匙，要是被反鎖……」

「總比東西被偷好吧！」莊騏安吼。

「說到底，為什麼妳早自習的時候不在教室？搞得這樣等來等去導致小偷有機可趁！」李齊珊雙手環胸，她的手機不見了，此時正火大。

「說不定就是妳偷的吧，趁教室沒人拿了東西！」

「很有可能喔！妳把東西藏在哪？」

「這是報復嗎？」

我握緊了手，感覺委屈至極。

沒人要聽我說話，就一口認定我有錯誤。

又不是我的錯！如果大家不要無視我，我會因為待在教室很痛苦，而去空中花園吃早餐嗎？

而且鎖門本來就是值日生的責任不是嗎？

為什麼當我稟報老師有人抽菸，換來了責罵，如今我什麼也沒做，得到的還是責罵？

是我的問題，還是他們的問題？

「別吵了。」程嘉妏趕緊要大家冷靜，「我們應該先告訴老師才對。」

「是啊。」站在教室最後面、始終沒說話的周帷念開口，幽幽望著我，「去跟老師說吧，這一點，湯念心不是最會了嗎？」

這番酸言酸語成了最後一根稻草，令我將近一年來的痛苦瞬間爆發。

我伸手，筆直地指向程嘉妏，「是她偷的！」

「什、什麼？」程嘉妏不可置信地張大嘴巴。

同學們先是看過去，又將目光移回我身上，接著騷動起來。

「最好是！」

「妳有證據嗎？」

「不要含血噴人！」

此起彼落的斥責刺進耳裡，一樣沒人相信我。

我用力將理化課本往桌上丟，「砰」的一聲，桌子微微搖晃。我又使勁將桌子推倒，也不在乎這是誰的課桌，抽屜裡頭的書掉了滿地。

「爲什麼我說什麼、不說什麼，都是錯的？」這一吼，所有委屈跟著一湧而出，我迸出眼淚，「沒有人告訴我要換教室！我跑去導師室問別的老師的時候，邱老師和程嘉妏根本不在那裡！等我回來，程嘉妏正好從教室出來，我拿了課本後離開，程嘉妏又回到教室！她才是最可疑的，卻威脅我不能說！」

「我哪有、哪有威脅妳！」程嘉妏高聲反駁。

「妳是瘋了嗎？」周帷念冷聲說，我的失控引來了別班同學的注意，走廊上圍滿了人。

「對！我是瘋了，我被你們逼瘋了！我做錯了什麼？」我大吼，聽見有人拿著手機在外頭拍照，一堆人看好戲似的笑著。

「誇張耶，到底是怎樣？」趙勻寓瞇眼，「嘉妏，妳要不要解釋？」

程嘉妏咬著唇，「這……」

「發生什麼事？」邱老師從前門出現，對於班上的騷亂感到錯愕，「現在是……」

我立刻指著程嘉妏，「她偷東西！」

「偷東西？」

「我根本沒有！」程嘉妏大喊，整個人顯得異常慌張。

「她在去理化教室前一個人留在班上教室，還要我不能老實說有遇到她，然後班上有好幾個人東西被偷了，她卻騙大家說自己是去幫老師你的忙，明明老師你就不在導師室！」我一口氣說完。既然我敢在老師面前攤牌，就代表我說的是實話。

這下子，全班同學都欠我一個道歉！

我轉過頭，得意地瞪著所有人，可是下一秒，邱老師卻要大家坐好，並要求我扶起翻倒的課桌。

「老師——」我忍不住喊，但邱老師堅持。

「大家先冷靜點，都坐回位子上，別班的同學也快點回教室，別湊熱鬧。拿手機拍照的，別讓我看見有影片或照片上傳，否則我會告訴你們的家長。」邱老師平時總是和學生們打成一片，不過必要的時候也能夠很嚴肅。

我扶起桌子，這才發現這是李齊珊的課桌，她走過來撞開我，自己整理起物品。

我愣在原地好一會才返回自己的座位，坐在我旁邊的周帷念瞥了我一眼，又面無表情望向講臺。

老師一一點人起來詢問狀況，並且臨時和下一節課的老師調課，以便有充分的時間處理這件事。

「我大致了解了。首先，程嘉妏確實說了謊，她並沒有幫我準備講義。」邱老師的話讓我大聲地「哈」了一聲，覺得這些日子以來的冤屈總算得以伸張，但我的過大反應引來同學們的反感，邱老師也瞧了我一眼，「我話還沒說完。」

程嘉妏低著頭，看起來似乎相當緊張。

「程嘉妏的確沒幫我的忙，可是我找她商量了一些事，換言之，我們當時是待在一起的。」

邱老師的話讓我瞪大眼睛。

「怎、怎麼可能！她當時一個人在教室，我也在教室，沒有其他人……」

「我當時在教室喔，只是我人在後走廊。」邱老師略顯尷尬，「我們商量的事情有關隱私，所以我無法向大家說明。不過我是和程嘉妏一起鎖上教室門的，這段期間並沒有看見她偷拿什麼。」

「可、可是……」我慌了，然而邱老師沒理由替程嘉妏說謊，「那老師爲什麼要躲在後走廊，爲什麼不在教室裡面？」

「因爲……」邱老師話還沒說完，我便察覺其他同學對我投來懷疑的目光。

這個瞬間，我明白了自己可能誤會了程嘉妏，而且還說出那麼難聽的話。

但是我受夠了，我只想把錯全推到別人身上，只要不是我自己被公幹，那怎樣都可以。

「老師和學生單獨待在教室，有人來了還要躲起來，誰知道你們在做什麼！難道是談戀愛還是……」

「妳夠了，別讓自己更難看。」李齊珊用力拍桌站起身。

「我、我又沒說錯……」

「李齊珊，妳先坐下，我沒講清楚是我的不對。」邱老師不再微笑，他嚴肅地看著全班同學，「因爲輔導室有人，所以我和程嘉妏只好來教室。後來程嘉妏離開，我到後走廊洗手時，發現監視器歪掉了，所以踩在洗手臺上調整監視器。我有聽見湯念心進來和離開的聲音，但我認為沒必要刻意回教室打招呼，畢竟當時我的姿勢有點危險。而後程嘉妏又回來教室，我也調整完監視器了，所以我們一起鎖門後離開，就是這樣，可以理解嗎？湯念心。」

聞言，我無地自容。

我剛才那番話，對身爲老師的他是多麼不尊重以及不信任。

「至於東西被偷的事，大家不用擔心，既然學校有監視器，那我們可以去調閱畫面。」邱老師轉頭看了下黑板，「這些就是所有丟失的物品嗎？」

「不好意思，邱老師，打擾一下。」先前在導師室的那位女老師敲了教室前門，手上提著一包黑色塑膠袋，「這是在空中花園發現的，好像是你們班的。」

邱老師一聽趕緊跑過去，把那包黑色塑膠袋打開。對照了黑板上寫的清單後，他沉著臉，將塑膠袋拿到講桌上，將裡面的物品一樣樣拿出來。

「那是我的錢包！」

「天啊，我裝班費的布袋！」

「我的手機！」

大家紛紛認領，而我傻眼。這是怎麼回事？誰拿的？

「張老師，請問妳是怎麼發現的？」邱老師臉色不太好。

「嗯，我經過空中花園的時候，看見這包塑膠袋，以爲是學生亂丟東西，可是拿起來發現有點不對勁，於是就打開來看了。」張老師抿抿嘴，「需要我去找主任，還是……」

「我等會會再自己找主任報告，謝謝妳了。」邱老師說完，朝張老師頷首，又轉回頭看著我們。

張老師也點點頭，默默離開。

「大家來認領自己的東西，確認有沒有缺的。」邱老師沉聲說，遺失物品的人陸續來到講臺旁，檢查後領了回去。

所有人的東西都完好無缺，一切宛如只是一場惡作劇。

「我會去調監視器，看看到底是怎麼回事，在結果出爐以前，希望大家不要再互相猜忌。」邱老師話中有話，我明白他是在對我說。

我顫抖不已，連牙齒都在瘋狂打顫，我不敢抬頭，腦袋亂糟糟的，耳中也嗡嗡作響，什麼都看不到、聽不見，更希望自己乾脆不要存在，消失算了。

然而該來的還是會來，在我被人用力推了一下之後，我才注意到已經下課了，而程嘉妏怒氣沖沖地站在我眼前。

「難道，我不想被同學們得知我和老師談的私事，也要解釋嗎？」她既委屈又憤怒，「如果眞的是我偷的，我會大膽到拿老師當藉口？那一查不就露餡了嗎？妳就沒想過私下問我？」

「跟以前一樣，喜歡在全班面前拆別人的臺。」李齊珊雙手環胸，表情十分不悅。

「多爲同學想一點不行嗎？」趙匀寓坐在自己的位子上搖了搖頭。

而周帷念撐著頭，也坐在座位上注視著我，雖依舊沒什麼表情，眼神卻帶著幾分興味。

「妳眞過分！」最後，程嘉妏丟下這句話就走了。

從此，我眞正成了被孤立的人。

我像空氣一樣，被大家忽視、排擠，即便我努力想修補關係，他們也並不領情，有時我做得太多，還會被惡狠狠地踐踏。

例如我帶了花來，卻被值日生丟進垃圾桶，換上了趙匀寓帶的花。

例如我主動留下來鎖教室的門窗，卻被值日生碎念多事。

萬分沮喪的我，去問了邱老師偷東西的人是誰。

「全校的監視器都有點移位，大概是前陣子請人來消毒時動到，所以沒拍到當時的畫面。」邱老師歉然表示，「雖然大家的東西都順利找回來了，卻不曉得是誰的惡作劇。」

「老師，對不起，我當時不應該……」我哭起來，遮住自己的臉，「我現在做什麼都是錯的，同學們都不諒解我。」

「我若是介入的話，事態應該會更糟。」邱老師語帶無奈。他的顧慮不是沒有道理，要是他貿然和班上同學說些什麼，我的處境或許會更慘。

可是，我還是期望老師能做點什麼。

他思考了一下，接著說：「先不要討好同學們，因爲妳做的事並沒有錯，只是可能是表達方式的問題。」

「我沒有錯嗎？」我看著老師，我想聽的，其實就只是這句話。

「對，無論是周帷念高一時抽菸的事，或者是幾天前的偷竊事件，妳發現不對勁、有疑慮的地方就告訴師長，這麼做本身沒有錯。」邱老師雙手交握，「不過人際關係有時很複雜，想修復需要一點時間，我不能要妳別在意，但也許妳先別這麼亟欲討好班上的同學，先和以前一樣，好嗎？」

我點點頭，心裡覺得好過多了，於是謝謝邱老師後，便離開了輔導室。

然而一走出去，好了些的心情瞬間煙消雲散，回到班上，令人窒息的氛圍就將我包圍，使我無法呼吸。

無論是他們瞥來的眼神，或是低語時夾雜的笑聲，都讓我覺得他們在嘲笑我、在鄙視我，然後我就會懷疑，是我臉上沾到什麼了嗎？我的頭髮怎麼了嗎？還是我的裙襬夾進內褲的褲頭了？

無數負面念頭在腦中盤旋，我感覺自己快要不能呼吸。下課後，我立刻飛奔出教室，但我能逃去哪裡？

等到我發現的時候，我已經蹲在空中花園的角落，不斷喘著氣，地板上都是我的淚水，我彷彿在乾嘔一般，鼻涕和口水混雜在一起，像溺水了似的。

「湯念心，妳沒事吧？」一雙藍色球鞋出現在視線範圍，沿著黑色的褲管往上看，我見到對方的一雙大手放在膝蓋兩側，有著一頭褐色亂髮的男孩面露擔憂。

「學長……」我趕緊要掩住自己難看的臉，葉晨學長立刻遞了面紙給我。

「這次我有記得帶嘍。」他燦爛一笑，「怎麼每次在這遇見妳，妳都在哭呀？」

我擦去自己臉上的淚水，而葉晨學長坐到旁邊的長椅上，看起來似乎十分開心。

「學長才是……總是看起來很快樂一樣……」要是我也能這麼快樂，該有多好？

「是嗎？我看起來很快樂嗎？那眞是太好了。」葉晨學長聳肩，忽然認眞地盯著我，「所以妳很痛苦嘍？」

我沒有否認，輕輕點了點頭。

「那假如能讓妳實現一個願望，妳想實現什麼願望？」他的提問有些不切實際。

「消失在這世界上吧。」我苦笑。

「不要許這種消極的願望。」他正色，「積極一點的，不要是爲了逃避的那種，妳認眞想想吧。」

「思考願望做什麼，又不會實現……」

「妳怎麼知道不會呢？」葉晨學長瞇眼，我這才發現，他連眼珠子都是褐色的，「許願之所以美好，不就是因爲可能會實現嗎？」

「這樣說好像學長的願望都有實現一樣。」

他笑而不語，此時鐘聲響起，一想到必須回到宛如人間煉獄的教室，我又是一陣噁心。

但我不能蹺課，否則爸媽會擔心，我只能站起來，艱難地踏出步伐。

「就當作被騙吧。」葉晨學長的聲音忽然從背後傳來，我轉過頭，瞧見他又站到長椅上，一隻手插在口袋裡，另一隻手指向天空，「今晚是滿月，朝著月亮許願，說不定會成眞喔。」

我沒力氣回答他，僅是勉強揚起一抹微笑，然後往教室的方向走去。

再次看見空無一人的教室，我的心一涼，這才赫然想起這節是體育課，於是我連忙奔向操場。

體育老師一向放任大家，除非需要考試，否則同學們都能自由活動。我照例躲到了樹蔭下，不想引人注意，然而程嘉妏卻走過來。

「欸，湯念心。」

可悲的是，大概是太久沒人喊我的名字、與我說話了，這瞬間我竟因爲她叫我而有點開心。

「妳剛才去和邱老師說了什麼？」程嘉妏質問，我頓時愣住。被她看見了嗎？

「妳是跟邱老師抱怨，還是怎樣？」程嘉妏壓低聲音，「我警告妳，不要因爲邱老師關心妳就心花怒放，像妳這種麻煩的學生，不懂得自己解決事情，還要老師幫忙，妳都快成年了，難道沒辦法自己處理？還要和老師單獨商量？」

「我……」我一時語塞，接著浮現了一個想法。

難道邱老師只是表面上看起來值得信賴？

他也是那種怕麻煩的大人，反正我們再過一年多就要畢業了，所以其實他根本不想管太多，就隨便把我去找他的事告訴了程嘉妏？

會不會……打從一開始，這個班級就沒有我可以信任的人？

「又怎麼了？」李齊珊拿著排球走來，程嘉妏原本盛氣凌人的態度隨即收斂了點，瞪著我用嘴型低聲說：「別再單獨和邱老師告狀。」

我並沒有告狀。

我張口想解釋。

但是我發現……

我發不出聲音。

我說不出話。

喉間發出的不過是無意義也沒人在乎的聲響，構不成言語，也無法傳入別人心中，無論我說了什麼、無論我怎麼表現，都沒人在乎。

他們排斥的，是我這個人。

這樣，我的言語還有意義嗎？

我還需要說話嗎？

這一刻，我感覺整個世界離我遠去，我一邊認為自己沒有錯，一邊卻逐漸懷疑起自己的想法，或許有錯的，是我的存在。

彷彿全班同學都停下動作，轉過頭來盯著我問：「妳怎麼還在這礙眼？」

✦

站在門口就能隱約聞到屋裡的飯菜香，我深吸一口氣，透過鐵門的反光看見自己的臉色十分難看。我練習了幾次微笑，最後努力帶著笑容，打開了鐵門。

「我回來了！」我高聲說，想掩飾幾乎一整天沒說話而導致的沙啞。

宛如忘記了自己的聲音，當我出聲時，我還詫異著這是誰的聲音。

「回來啦，快點洗手，可以吃飯嘍。」穿著圍裙的爸爸在廚房回過頭，而我避開他的視線，迅速往房間走。

「好，我先換衣服。」好在抽油煙機的運轉聲很大，爸爸聽不清楚。

我換上寬鬆的居家服，將頭髮綁好，再到浴室洗了把臉，拍了自己的臉頰兩下，告訴自己不能被爸媽發現異常。

「至少這一點我要做到，不能讓他們擔心。」我對著鏡子裡的自己小聲說，雖然笑容依舊難看。

「媽媽今天要加班，會晚一點回來，我們先吃吧。」爸爸將熱湯端上桌，一抬頭看我，馬上發現不對勁，「妳臉色怎麼怪怪的？」

「啊，一整天都覺得頭有點暈，可能快感冒了。」我扯了個謊。或許是我虛弱的神情真的有點像生病，爸爸相信了，也把我的沉默當作是病懨懨。

匆匆結束用餐後，我寫完功課便去泡澡。在浴缸裡，我流了幾滴眼淚，那一點點的苦澀隱沒在水中。

「寶貝，爸爸說妳不舒服，還好嗎？」當我洗完澡時，媽媽已經回來了，她正在廚房用餐，不忘對我喊著。

「沒事，媽媽，但我有點累，想先睡覺了。」我不敢走出去，要是見到媽媽的臉，再加上爸爸的關心，我說不定會無法繼續偽裝下去。

「嗯，早點睡吧，要是明天還不舒服就請假。」媽媽似乎打算過來，我立刻跑進房間。

「好的，晚安！」我把房門關上。

我聽見媽媽返回客廳和爸爸聊天，之後兩人一起和樂地洗著碗盤。

而我躲在漆黑的房間中，裹著棉被哭泣。

抱歉，爸爸、媽媽，女兒這麼沒用，沒辦法當個討人喜歡的人，我覺得自己沒臉面對你們。

明明你們都能夠勇敢做自己，不畏懼他人的目光，爲什麼我卻做不到？

我哭著，感到無比痛苦。

不知不覺中，我睡著了，然而夜半時刻，我卻因爲有亮光而醒來。

原本我以爲是天亮了，才會有這麼強烈的光，可睜眼後發現是外頭有奇異的光線從窗簾透入。

我下了床，走到窗戶旁，猶豫了一下後拉開窗簾，頓時以爲自己仍在夢境之中。

那柔和卻存在感強烈的光芒，是來自天上那大得離奇的月亮。

「今晚是滿月，朝著月亮許願，說不定會成眞喔。」

腦海中浮現葉晨學長說過的話，許願什麼的，怎麼可能成眞呢？

可是此刻，就讓我擁有一瞬的美夢也好。

我雙手合十，望著月亮掉下眼淚。

「神呀，可以給我一個奇蹟嗎？一個即便我做我自己，都能有人喜歡我的奇蹟。一個我說話的時候，大家會專心傾聽的奇蹟。一個……不犯錯的奇蹟……一個……時間能夠倒流的奇蹟。」

讓我回到那一天，一切發生變化的那一天。

第二章

我繫好領結，將領口整齊地翻好，又順了順燙得平整的百褶裙，注視著鏡子中擁有黑色直髮的自己，髮尾以不違反校規的長度正好落在肩膀處。

從高一開始，我就維持著這樣的髮型。

雖然昨晚哭著入睡，眼皮卻沒有浮腫，這讓我鬆了一口氣。

昨晚向月亮許願應該是做夢，畢竟現實中不可能有那麼大的月亮，而且月亮的光芒也不可能那麼強烈。

大概是因爲葉晨學長的話，我才會做了那樣的夢吧。

即便如此，我也在夢中說出了眞實的願望。

不過今天我感覺沒有昨天那麼不舒服，氣色看起來也好上許多，想裝病讓媽媽替我請假大概行不通。

於是我來到客廳，媽媽和爸爸已經在吃早餐了。

「早安。」我說，希望自己的笑容足夠自然。

「早安。」身穿套裝的媽媽喝著咖啡，而我坐到餐桌旁的椅子上。

「我今天覺得好多了。」我率先開口，以免他們擔心。

「好多了？」爸媽對看一眼，「妳昨天不舒服嗎？」

「咦？」我疑惑，下意識地回：「也沒有……」

「如果不舒服要說喔，我幫妳請假。」爸爸叮嚀。

「媽媽要出門了，妳不是說妳今天是值日生嗎？要不要我順便載妳去學校？」

「值日生？」我再次感到困惑，我上禮拜當過值日生了，今天不是我啊。

雖然如果媽媽要載我去學校，我也十分樂意，這樣就能有一段與媽媽獨處的時光了。所以我隨便吃了幾口稀飯，便和媽媽一同出門。

前幾年我們家買了臺休旅車，計畫著有時間就要外出露營或者環島，然而後來媽媽把車借給同事，竟因爲煞車出了問題而導致同事發生車禍。於情於理，媽媽都必須有所表示，結果給了對方一筆金額不小的慰問金。

之後，爸爸在聖誕夜那天外出時，不小心從火車站月臺的樓梯摔下去，腳還因此骨折，住院住了很長一段時間，於是我們的旅行更是無限期延後了。

最後休旅車雖然修好了，開上路的機會仍減少許多。

「最近在學校開心嗎？」在前往學校的路上，媽媽開口問我。她偶爾會關心我的校園生活，過去我總是樂於分享，但目前眞的做不到。我失策了，爲了和媽媽之間久違的獨處時光，居然忘記她可能會問我這件事。

「嗯，就跟以前一樣，很好。」我乾巴巴地說。

「怪怪的喔。」果不其然，敏銳的媽媽察覺了不對勁，「發生了什麼事嗎？」

「什麼也沒有，媽，妳在這邊讓我下車就好！」我趕緊說，要她停在路邊。一方面是爲了快點結束話題，另一方面是不想要她把車停在家長接送區，以免被班上同學看到。

我不想讓媽媽瞧見班上那群人看我的眼神。

「念心，發生了什麼事嗎？」媽媽再次認眞詢問，同時也把車停到了路邊。

「眞的沒有，媽媽。」我堅定地回應，卻不敢看向她，「我先下車了，謝謝媽媽送我到學校，上班加油。」我迅速解開安全帶，衝下了車。

我知道媽媽多半正關愛地注視著我，但我連回過頭給她一個令她安心的微笑都做不到。我明白自己的笑容會有多僵硬難看，與其如此，不如不要回頭。

捏緊著書包背帶，越是接近學校，我越是難以呼吸，踩著艱難的步伐，我瞥了一眼手機的時間，還不到七點。

太早到了，不過早到也好，這樣能在無人的教室稍微放鬆一下。

可是我一進到教室就愣住了，因爲周帷念坐在位子上。

他怎麼會這麼早來？

爲什麼？他從來都……

接著，我看見更令人震驚的畫面。

他低下頭，手伸進書包裡掏著，拿出了一根白色的細長物品，那是菸。

這一幕宛如重現了高一的那一天，爲什麼他又在教室抽菸了？

他點燃菸，放進嘴裡吸了一口。

我詫異不已，周帷念當時被嗆著導致菸掉到桌面，然後火星燒穿了塑膠墊的畫面浮現在腦海。

我立刻抓起某個同學放在課桌上的礦泉水，迅速扭開瓶蓋後往周帷念那跑去，而下一秒他被嗆得大聲咳嗽，菸也因此脫手掉落。在這不到零點幾秒的瞬間，我忽然想起上次我倒了奶茶，結果毀了一切，這次即便是水，周帷念也同樣會氣憤不已吧。

況且我上次制止換來了什麼？

爲什麼我還學不乖？爲什麼要制止？

我應該就站在旁邊看才對啊！隨便他要做什麼！

在猶豫的這個刹那，我收回水瓶，卻下意識地把手伸出去，接住了那根菸。尚未熄滅的菸燙在掌心，我吃痛地縮手，菸掉到了地板上，我趕緊用腳踩熄。

「咳、咳！妳做、做……咳咳！什麼啦！」被衝過來的我嚇到的周帷念一邊咳嗽，一邊拉開我的手，又搶過我手中的寶特瓶，將水往我手上倒。

地面瞬間溼成一片，我的鞋襪也沾到了一點水，看著周帷念皺起眉的焦急模樣，我有些無法反應。

「湯念心，妳做什麼，妳不怕留下疤痕？」他略顯惱怒地瞪我，那個瞪法不是平時冷眼的模樣，而是帶著關心以及……愧疚？

「我、我才想問，你怎麼又在教室抽菸了……」我沒想到他會叫我的名字，還會跟我說話，甚至像現在這樣握住我的手，這一切讓我混亂不已。

「又？我哪有又？我是第一次在這邊抽。」周帷念盯著我的手掌心，「要不要去保健室處理一下？要是留下疤痕怎麼辦？」

「這、這一點點傷不會留疤的。」我收回手，對於他的話感到疑惑。他是忘了自己高一時也曾在教室抽過菸嗎？

不，不可能忘記的，他還因此討厭我不是嗎？

「妳遲到了。」他話鋒一轉，和我對上眼，即便他坐著，身高都彷彿和我差不多。

「我沒有遲到啊，我還早……」

「妳是值日生，所以這時間算是遲到了吧。」周帷念的話讓我愣了下，我抬頭往黑板看去，上頭居然寫著我和周帷念是值日生。

怎麼會這樣？

更讓我震驚的是，寫在值日生上方的日期，是二〇一九年十月十四日。

「那個日期寫錯了吧……」

「當然寫錯了。」周帷念起身走過去，拿起板擦擦去了「十四」，用粉筆寫上「十五」，「這才是正確的日期。」

周帷念不像在開玩笑，我立刻拿出自己的手機查看，是二〇一九年十月十五日。

這怎麼可能！

我跑出教室，抬頭望向上方的班級牌，上頭寫著一年一班。

怎麼可能，我怎麼會回到一年前？這是什麼荒唐的情況！我還在做夢嗎？跟昨天在夢裡許下的願望一樣……昨天的月亮……

難道，昨晚向月亮許願並不是做夢？

我希望一切回到發生變化的那一天，也就是周帷念在教室抽菸的那天。

「妳怎麼了？」跟著我走出教室的周帷念站在那裡，雙眼直勾勾盯著我。

他跟上次不一樣，沒有吼我、凶我，然後抓著書包離開。

我嚥了下口水，即便再怎麼不可能，事實上我就是回到了一年前。就算班級牌可以換，就算周帷念突然和全班同學聯合起來整我，手機的日期總不會錯吧？

這是神給我的第二次機會，讓我重新來過的機會。

「我們該做些什麼？」周帷念問，一陣風吹亂他的頭髮，我這才發現他的兩側太陽穴附近各有一顆小小的痣，而那漂亮的眼睛不帶著怒氣時，是這麼好看。

「我們應該掃地，還有擦玻璃。」我顫抖著乾乾開口，周帷念點點頭，轉身往後走廊的工具室走去。

我倒抽一口氣，這是眞的，這一切都是眞的。

握緊雙拳、穩住呼吸，我閉上眼，再張開。

我回到了過去，而這一次，我不會再搞砸。

跟原先的情況不同，那時我是一個人收拾殘局，而這回有周帷念幫忙。難道因爲我回到了過去，所以周遭的人性格也改變了？還是周帷念本來就是這樣的人？

他是個會乖乖打掃的人嗎？

我仔細回想，卻搜索不到相關記憶，嚴格說起來，班上所有人的個性我好像都不了解。

我只記得自己很痛苦，只記得當我開口時，大家會有意無意地嗤笑。

因此，我沒心思去注意其他人。

上一次，菸味久久無法消散，我後來想想，除了心理作用，多半也是由於當時菸蒂丟在教室後方的垃圾桶，味道才殘留了好一陣。

所以這次我將垃圾袋拿出來綁緊，準備去垃圾場丟，原本在擦玻璃的周帷念卻走過來，拿走我手上的垃圾袋。

「怎、怎麼……」

「這很重吧，我拿去就好。」周帷念輕鬆地提著垃圾袋往外走，我怔了怔。他是這麼貼心的人嗎？

「那個……」我追上去。

「怎麼了？我就說我去就好。」他轉過頭。

「不是啦。」我將另一袋資源回收的物品也交給他，「還有這個……」

他無言以對的表情有點好笑。

在他暫時離開後，我深吸一口氣，覺得空氣中仍留有菸味，於是從工具箱裡拿出除異味噴霧，在教室裡頭噴灑，尤其特別針對周帷念的座位附近。

上次我主動舉發他，沒得到好結果。

雖然我還是認爲自己沒做錯，可是卻導致了錯誤的後果，所以這一次，我不會說出周帷念抽菸的事，這樣我就能過上平靜的校園生活了吧？

話說回來，我和周帷念的孽緣還眞不可思議，怎麼高一發生這件事情時他坐在我旁邊，而後來升上高二，周帷念也坐我旁邊呢……

「早安。」和記憶中一樣，除了我和周帷念，李齊珊是這天最早到的人。我吞了口口水，緊張地盯著她。

她歪了歪頭，一邊瞧著我，一邊走向她的座位，「怎麼了？幹麼這樣看我？我臉上沾到啥了嗎？」

「沒、沒有，早安。」我緊張地回話，害怕得到不友善的反應，也擔心她會說聞到菸味。

「妳好奇怪。」李齊珊聳聳肩，瞄了眼黑板，「周帷念不是也是值日生嗎？」

「我去丟垃圾。」她話才說完，周帷念就從後門進來，瞥了我一下後，去了後走廊洗手。

「難得你會乖乖當值日生。」李齊珊似乎在調侃周帷念，不久，周帷念甩著手返回教室，順勢就將溼答答的手往自己的衣服上一抹。

「我說過幾次，要用手帕，手帕！」李齊珊嫌棄地喊，但周帷念不予理會，逕自坐回位子上。

奇怪，他們……有這麼熟嗎？

在我的印象裡，他們並沒有這樣對話過。

應該說，在我的印象裡，周帷念總是獨來獨往，即便偶爾有人和他搭話，他也往往沉默。

「對了，周帷念，我帶了飯糰來，給你。」李齊珊又做出了不存在於我的記憶中的舉動，她從便當袋裡拿出一個透明玻璃盒，裡面裝了三顆以海苔包裹的圓形飯糰。

「妳爲什麼……」看見飯糰，周帷念稍稍睜大眼睛，沒把話說完。

「總之，拿去。」李齊珊把玻璃盒放到他的桌上，又走回自己的座位，開始吃早餐。

周帷念靜靜注視著那盒飯糰，然後拿起玻璃盒往教室外頭走。

「咦……」我注意到周帷念的表情有些怪異。

「啊，妳不要理他。」李齊珊出聲，看了我一會後才說，「我以爲妳會追出去。」

「不會……我爲什麼要追出去？」

「妳看起來像是要追出去。」李齊珊聳肩。

「可能是因爲，周帷念剛才表情怪怪的。」

「啊……大概吧。」李齊珊微微一笑，「問妳一下，在我來之前，周帷念有什麼奇怪的舉動嗎？」

我一愣，「什、什麼奇怪的舉動？」

「沒有的話就算了，我只是問問。」李齊珊再次聳肩，繼續吃著早餐，接著程嘉妏來了。

「早——安——呀——」她愉快地說，對著我們兩個問，「猜猜今天趙匀寓會帶什麼花來？」

「百合吧，她最常帶百合。」李齊珊回。

「那妳猜！」程嘉妏指了我，那燦笑的模樣和舉動，是這些日子以來我不曾見過的。

我記得很清楚，在一切驟變的這天，教室裡瀰漫的除了菸味，就是淡淡的特殊樹葉香。

「尤加利葉。」

「什麼？」程嘉妏沒聽清楚。

我抬頭對上她的眼睛，那雙眼裡沒有嘲笑和憤怒之意，只有疑惑。

「是尤加利葉。」

「尤加利葉？無尾熊吃的那個？」李齊珊失笑，「她從沒帶過葉子來耶。」

「好特別啊，那我猜她會帶玫瑰好了。」程嘉妏笑著走到自己的座位，其他同學也陸續踏進教室。

當趙勻寓帶著一束尤加利葉出現時，程嘉妏和李齊珊張大嘴巴，對於我的料事如神感到不可置信，同時周帷念也帶著空的玻璃盒回來，把盒子還給了李齊珊。

李齊珊沒說什麼便收下玻璃盒，塞進自己的便當袋，然後繼續讚歎我有如先知，而我瞥見默默回座位趴下的周帷念眼眶微紅。

「我最近在看一個主題是超能力的節目，裡面提到每個人都有超能力，只是有沒有機會被激發而已，有些人直覺特別準，那其實就是一種預知的超能力。」程嘉妏一臉認眞打量我，「所以湯念心，妳是不是有超能力？等等，妳的名字叫念心……難道妳還會讀心？」

「聽聽妳說的是什麼荒謬的話，這是巧合好嗎？」趙匀寓失笑，但她也爲我能猜中是尤加利葉而嘖嘖稱奇。

如果那一天，我沒說出周帷念抽菸，或者我做了什麼讓菸味消散的話……那現在的情景，就是那天原本該有的樣子。

我會發現李齊珊和周帷念之間奇妙的互動，我會得知原來程嘉妏對超能力感興趣。

這一瞬間，我整個人豁然開朗，眼前忽地明亮起來，空氣不再混濁，尤加利葉的味道也不再令我想吐，內心的憂鬱和胸口的鬱結一掃而空。

我鬆了一口氣，笑了出來。

這麼久以來，我終於能在教室裡頭安心笑著。

✦

來到空中花園，我想找找葉晨學長，卻只曉得他是三年級的學生，並不清楚他在哪一班。時光退回了一年前，現在的他應該是高二，高二時他會來這邊嗎？

就算找到他，也是一年前的他，他肯定不會知道我是誰，也不會知道自己告訴了我許願的事。

即便如此，我也想見見葉晨學長。

遠遠的，我看見一個褐髮男孩雙臂朝兩旁平伸，繞著空中花園周圍的一張張石頭長椅踩跳著，似乎還哼著歌。

無論何時，葉晨學長看起來總是那麼快樂，眞是令人羨慕。

「學長……」我走上前，自然地喊了他，而葉晨學長轉過身，歪了歪頭，似乎在思考。

「你大概不認識我，可是我……」

「嘿，學妹。」葉晨學長向我打招呼。

「你……你記得我？」

「不記得，但妳喊我學長，所以我就喊妳學妹呀。」葉晨學長笑著，有如可愛的大狗狗一般溫暖。

也對，我在想什麼，葉晨學長怎麼可能記得我？

在高一的這天之前，我並沒有因爲在班上待不下去而經常躲到空中花園，所以對葉晨學長來說，這應該是第一次遇見我。

「我去福利社買東西時，常會看見學長在這邊。」我扯了個謊，認眞注視著某方面而言爲我帶來救贖的他，「我想說，每次看見學長開心的模樣，都會讓我對上學有了一點期待和希望。」

笑。

「這是告白嗎？」葉晨學長這麼回答，我先是一愣，見他微笑，才明白這是個玩

「謝謝你，學長。」我對他鞠躬，真誠地感謝他告訴我許願的事。

「希望妳這次能開心一點，學妹。」

我一怔，立刻抬起頭想追問，「學……」

「湯念心。」周帷念不知何時出現在我身後，喊了我的名字。

「妳朋友來找妳了，那我先走啦。」葉晨學長起身走出空中花園，我的目光追著他，在他與周帷念錯身而過時，視線才轉到了周帷念身上。

「你怎麼……」會來找我？

周帷念的手插在口袋裡，然後從裡面掏出鋁箔包裝的蘋果汁拋給我，我反射性伸手接住，「這、這是？」

「請妳喝。」他朝我走來，坐到了後方的長椅上，從另一個口袋裡又掏出一盒蘋果汁，接著瞥了眼他旁邊的位置，再看了我一眼，似乎是要我坐下。

我不懂怎麼和周帷念相處，在原本的時間線，我們處得很不好，他對我充滿敵意，而我也懼怕著他。

可是如今那一切彷彿才是夢境，眼前的周帷念和我記憶中的人完全不同。

對此我有點被弄糊塗了，如果人的個性不會輕易改變，那麼是不是我今天看到的

周帷念、李齊珊、程嘉妏，才是眞實的他們？

但帶著惡意的他們也眞實存在，不是嗎？

「可以坐下嗎？」

也許是我太久沒有動作，周帷念忍不住開口。

「啊……喔……」我慢吞吞地坐到他身邊，渾身僵硬。

結果我坐下以後，周帷念只是自顧自喝著蘋果汁，什麼也沒說。我離開也不是，說話也不是，只能也將吸管插入吸管孔，默默地喝起蘋果汁。

就在蘋果汁快見底的時候，周帷念忽然開口：「妳怎麼沒說？」

「說？說什麼？我不知道要說什麼……」他還要我想話題？

「我抽菸的事。」

啊，原來是指這個。

我又不是傻子，不會在同一個地方跌倒。

「因爲……沒什麼好說的……」我不能告訴他，在原本的時間線我說了，得到的唯一後果叫做地獄。

「那妳怎麼沒問？」

「問？」

「問我爲什麼抽菸。」

「啊……因為……也沒什麼好問的……」我怎麼曉得你的地雷是什麼？要是我問了，你又氣得離開學校，同樣的情況便再次重演了。我默默心想。

我只在乎自己能不能過著平靜的校園生活，其他人想幹什麼都不關我的事，只要我能安安穩穩的就好了。

場面再次陷入沉默，喝完了飲料，我決定逃離這尷尬的氣氛。

「我以為妳是什麼事都會報告老師的那種乖學生。」周帷念冷不防冒出一句。

其實他並沒有看錯我，只是我先得知了這麼做的結果。

「我也不是什麼都會告訴老師。」此刻，我只能這樣回答。

「謝謝妳。」

什麼？

「今天對我來說，是難熬的一天。」

他在講什麼？

「謝謝妳沒有毀掉它。」

毀掉你抽菸的一天？

「謝謝妳沒有告訴老師。」

我完全跟不上周帷念的邏輯，因為我沒告狀，所以他感謝我？

他站了起來，伸手拿過我手上的空鋁箔包，然後對我露出一個……宛如少女漫畫男主角才會有的燦爛笑容。

「謝謝妳，湯念心。」他語調輕柔，笑容燦爛，微風揚起他的髮絲，構成一幅美麗的畫面。

「不客氣……」我有些不知所云地答。

他再次露齒一笑，離開了空中花園，留下我一個人。

好吵，有哪裡在施工嗎？怎麼會有砰砰的聲響？

我摀住自己的胸口，發現那是心跳的聲音。只因爲他的一個笑容，就令我如此臉紅心跳嗎？

「太誇張了。」我低語。

✦

時間重來一次的話，會有期限嗎？

我在白紙畫上一個大大的問號。

自從回到二〇一九年十月十五日那天後，又過了一個禮拜，發生的事情扣除掉我被班上同學無視和嘲笑，基本上都沒有改變。

就連趙匀寓帶來的花，或是老師考試的題目，以及上課的內容，還有社會上發生的事件都一模一樣。

改變最大的，當然就是我和同學們的關係。

程嘉妏每天都會來要我猜今天趙匀寓帶了什麼花，我當然不是每次都記得，不過也記對了幾次。李齊珊則是特別好奇那天我和周帷念在空中花園聊了什麼，但事實上什麼都沒有，因此我答不出所以然，所幸她也不介意。

這些事情在原本的時間線都不曾發生，所以我還在學習該怎麼和她們相處而不帶著懼怕。

同時我總是在想，時間的回溯是永久的嗎？

會像玩單機遊戲一樣，當我讀檔了之後，重新展開的情節就會覆蓋過我原本經歷過的那些？包含其他人的人生？

這樣沒問題嗎？不會令時間錯亂，或導致歷史發生變化？

如果可以這樣，還保有原本記憶的我不就是個BUG了？

還是會有一個期限，或許當我完成了什麼事，或者到了某個時間點，我就會再次返回原來那個地獄般的人生？

根據我看過的許多小說和電影，得到再一次的機會表面上看起來是幸運的，但事實上往往會演變成更糟的結果，就跟電影《絕命終結站》一樣，無論再怎樣想避免危險，命運還是會使你走上原本就幫你安排好的那條路。

我咬著下唇，但假如上天要這麼惡劣的話，那時就不會讓我願望成眞了不是嗎？

不，等等，許願通常都有代價，例如需要以珍愛的事物交換，或是必須還願。我許了一個這麼大的願望，又將付出怎樣的代價？

我坐在書桌前抓著頭髮，這一次是全新的開始，會發生什麼狀況我也無法預料，只能盡力避免曾經發生過的壞事。

我不想再回去，無論如何，我一定要讓這一次過得更好。

我把紙張揉成一團，並查詢了下一次滿月的日期。只要每個月的滿月時，我都再度許下願望，應該就沒問題了吧？

忽然，手機響起，我盯著螢幕疑惑了好一會，才意識到是趙匀寓打來的電話。

這讓我十分驚訝，在過去，她從沒有打電話給我過。

「湯念心，妳都不回LINE的嗎？」一接起來，她便劈頭問我。

「LINE？我、我看一下。」畢竟在原本的時間線，我甚至沒被邀請加入同學們另外建立的班級群組，自然也沒有隨時留意LINE的習慣。

「不用了，我現在就告訴妳，下禮拜是李齊珊的生日，我們打算做個蛋糕，妳明天有空嗎？」

這個邀約也是全新的、我所不知道的。

「……我去好嗎？」

「爲什麼不好？」電話那頭的趙匀寓似乎覺得好笑，「還是妳沒空？那也沒關……」

「我有空，我明天會去！」開什麼玩笑，這一次我一定要好好把握住交朋友的機會。

雖然，和曾經排擠我的人當朋友，讓我感覺自己有點可悲，可是我要當作這是在完全不同的世界。

而且要是我一不順她們的意，會不會一切又再次重演？

「那妳負責帶低筋麵粉，其他東西我們也會分別準備，明天下午來我家，妳知道在哪吧？」

「我知道，沒、沒問題。」

「好，我們就明天見啦。」她掛斷電話，而我的心臟跳得飛快。

我衝出房門，「爸、爸爸，我們家有低筋麵粉嗎？」

「有啊，妳要做什麼？」正在晒衣服的爸爸指了上方的櫥櫃。

「我明天要去同學家做蛋糕！」我打開櫥櫃，看到一大包未開封的低筋麵粉，於是拿了出來抱在懷中，「這我就帶走嘍。」

「這麼開心呀，難道是要做給男生的？」爸爸從陽臺走進屋內，好奇地打量我。

「因爲……很久沒和朋友出去了。」朋友兩個字讓我感到有點彆扭。

「眞是太好了。」從房間出來的媽媽摸摸我的頭，「妳從以前就喜歡一個人待著，讓我有點擔心呢。」

我抿嘴微笑，沒想到媽媽是這樣想的。我在心裡告訴她別擔心，這一次，我會做好的。

稍晚，我收到趙勻寓發來的群組邀請，群組裡除了趙勻寓，還有林映辰和程嘉妏，群組名稱則是「蛋糕趣」。

看著那個群組，我不禁熱淚盈眶，光是這樣一件小事，便讓我感動不已。

✦

趙勻寓家離我家只有一個捷運站的距離，一旁有公共腳踏車的租賃站，所以我決定從家裡附近的腳踏車租賃站租臺腳踏車，直接騎過去。

換了T恤和牛仔短褲，我戴上帽子遮陽，背著背包出門。等我注意到的時候，自己已經哼著歌騎了一段路。

現在如果是夢，那肯定是一場最美好的夢。

等紅綠燈時，我開啟手機的地圖程式搜尋了下地址，確認路線有無錯誤。

豔陽高照，旁邊一同等紅綠燈的路人靠向我，我警戒地抬起頭，對方是一個戴著鴨舌帽、穿著卡其短褲的男孩。高大的他雙手插在口袋，光是站著就幫我擋去了大半陽光。

「妳要去哪裡？」男孩開口，我才赫然發現是周帷念。因爲他穿著便服，我一時間沒認出來。

「我、我要去趙勻寓的家做蛋糕。」

「蛋糕？」他瞥了一眼腳踏車前方的置物籃，「女生的休閒活動就會做這些嗎？」

「不是，是因爲李齊珊下禮拜生日。」

「李齊珊生日啊……」他思考了一下，「我也一起去可以嗎？」

「什麼？」我沒料到他會這麼問，「爲什麼？」

「因爲是李齊珊生日。」他說得理所當然。

「這、我可能要問問看，可是……」

「我自己問吧。」他拿出手機，撥了趙勻寓的電話，表示他在路上遇到我，想一起過去做蛋糕。

我以爲趙勻寓會拒絕，畢竟有個男生加入挺詭異的，但趙勻寓答應了。

「走吧。」說完，周帷念自顧自往前過了馬路。

「走？」我騎腳踏車，他卻用走路的，這樣很怪吧？難道我要下來用牽的？還是我騎我的、他走他的？

結果在我猶豫的時候，周帷念已經抵達馬路的另一頭，還回頭要我快點跟上。

「等、等我一下。」結果反而是騎腳踏車的我要走路的他等。

當我騎過去之後，馬上看見又有腳踏車的租賃站，周帷念租了一臺，高大的他坐在腳踏車上，顯得腳踏車有點小。

「我不知道路，妳騎前面吧。」

「喔，好。」我笨拙地踩著踏板往前，鑽進了小巷子。這條小巷兩邊都是住宅，十分安靜，我只能聽見自己的腳踏車鏈發出的聲音，以及後方周帷念騎過緩衝坡所製造出的聲響。

這種感覺好奇怪，也有點彆扭，想到周帷念就騎在我身後，注視著我的背影，我就不由得渾身僵硬。

「我說那個……」周帷念忽然騎到我旁邊，與我並行。

「不、不能這樣騎，很危險！」我制止。

「這就像好學生會有的反應了。」周帷念噗嗤一笑，我瞬間看傻了。他也會有這麼淘氣的笑容啊……

「哇！」沒看路的下場就是差點撞到電線桿，幸好周帷念眼明手快，大手直接擋在了我的額頭上，讓我避免直接撞上電線桿。他長腳一踩，穩住自己的腳踏車身，還有餘力用另一隻手扶住我腳踏車的龍頭。

「妳小心一點啦！」他大喊。

「對、對不起！」我嚇得趕緊說。

「妳是不是很喜歡把自己搞受傷？」他皺著眉。

「我沒有啊……我並沒有受傷。」我們兩人停在路邊，他和我靠得很近，我不禁有些侷促，「謝謝你……」

「眞是的。」見我沒事，他才鬆開雙手，然後移動了自己的腳踏車，「妳可以繼續騎吧？」

「嗯，可以。」我也雙腳落地，因爲身高不夠，我的腳要踩地的話，屁股就必須離開座墊。我笨拙地轉動腳踏車的龍頭，往前走去。

「噗……」

我彷彿聽見了笑聲，但一回過頭，周帷念卻面無表情看著我，大概是我聽錯了。

「就在前面，轉個彎就會到嘍。」我指著前方，然後騎上腳踏車，再次向前。

這一次，周帷念沒有忽然再騎到我旁邊了，他乖乖地跟在我後面。抵達租賃站歸還了腳踏車，再往前經過一個轉角，就是趙勻寓家開的花店。

「等一下，我打個電話，妳先進去。」周帷念拿出手機，我點點頭後進入花店，花香撲鼻而來。這家店規模不小，還有個大冰箱專門用以存放花卉。

一個和趙勻寓神似的女人招呼我，我說明來意，隨即得知她是趙勻寓的媽媽。趙媽媽親切地指指後方的一扇門，說其他人都已經抵達了。

踏進門後，一條防火巷映入眼簾，正對面有一扇半開的門，是另一棟房子的大門，門前擺了好幾雙鞋。

「打擾了……」我推開門，只見趙勻寓和程嘉妏等人都坐在客廳看電視。

「妳來啦。」趙勻寓起身拿了雙拖鞋，我環顧四周，原來她家跟花店並不是在同一棟樓。

「咦？周帷念不是也要來？」林映辰從廁所走出來，好奇地望了望我身後。

「他說要打個電話，等等進來。」我從包包裡拿出低筋麵粉，交給趙勻寓。

「眞是神奇，爲什麼周帷念會想參加我們女生的聚會？」一確認周帷念還沒過來，程嘉妏便八卦地問。

「是因爲李齊珊嗎？我一直覺得他們之間怪怪的。」趙勻寓說。

「怎、怎麼會？難道他們在曖昧？」林映辰臉色發白。

「在曖昧的話，他不會連李齊珊的生日都不知道吧。」程嘉妏否定這個猜測，「況且他們平常在教室也沒什麼互動。」

「在教室沒有，或許私下有啊。」趙勻寓倒是不苟同。

「不會的啦，他們沒有曖昧。」林映辰慌亂地說。

「就算妳喜歡周帷念，也不能盲目認爲他沒有曖昧對象。」趙勻寓語帶調侃。

「妳喜歡周帷念？」我驚訝地看著林映辰。這是什麼時候的事？

我確實記得林映辰特別喜歡接近周帷念，但原來她從高一就喜歡他了嗎？

另外，這場做蛋糕的聚會在原本的時間線存在嗎？

假如原本就存在，只是差別在於少了我的話，那這場聚會就不會有周帷念的出現了，對吧？畢竟是因爲我來參加了，才會在路上遇到周帷念，周帷念也才因此加入。

忽然，我有些擔心，這樣的改變是否也會令同學們之間的情感發生變化。

「有件事我很好奇，就是上次周帷念當值日生的時候……」趙勻寓又瞄了一眼外頭，確定周帷念還沒過來，她才問我：「周帷念不是拿了一個玻璃盒給李齊珊嗎？那是什麼？」

「欸，我也好奇，在我到教室以前，就只有你們三個在對吧？他們發生什麼事了嗎？」程嘉妏也興致勃勃。

一旁的林映辰則顯得十分不安，握緊的拳頭暴露出她的緊張。

李齊珊拿了三顆飯糰給周帷念，而周帷念到外面去吃掉了。

就是這麼簡單的事。

可這是我該說的嗎？我能說嗎？

我學會的教訓，就是不多嘴不是嗎？

「那個……我也不曉得他們怎麼了，因爲中途我去丟了垃圾，回來的時候李齊珊已經來了。」我說了一個無傷大雅的謊。

「嗄，眞是無趣。」程嘉妏癟嘴。

「算了，我們改天找機會問齊珊就好了。」趙勻寓倒是放棄得乾脆。

「我就說他們兩個沒有曖昧，這是我的直覺。」林映辰嘴上這麼說，看起來卻鬆了一口氣。

「要是哪天周帷念交了女朋友，妳應該會好好祝福吧？」程嘉妏把話題轉回林映辰身上。

「說不定那個女朋友就是我。」林映辰哼了聲。

「那裡進去就是了。」此時我們聽見趙媽媽的聲音，所有人趕緊噤聲，停止討論周帷念的八卦。

過了一會，周帷念出現在門邊，進來時頭頂還差點撞到上方的門框。

「唯一一個綠葉來啦，你會做蛋糕嗎？」趙勻寓率先招呼他。

「不會。」

大家傻眼，「不會？那你來湊什麼熱鬧？」

「妳們不也是照網路上的食譜做嗎？那難不倒我吧。」他自信滿滿，這模樣也是我在原本的時間線沒見過的。

「哇，我相信你一定能做得很好！」林映辰兩手交疊放在臉頰邊，雙眼發亮。

「……好吧，那我一定要問個問題。」程嘉妏也亮了眼睛，「你怎麼會突然想過來？」

「不是要做給李齊珊的生日蛋糕嗎？」周帷念不明所以。

「對呀，爲什麼聽到是做給李齊珊的生日蛋糕，你就要來？」程嘉妏指著自己的臉，「如果今天是要做給我的蛋糕，你也會來嗎？」

「不會。」

果斷的回答引來大家的遐想，更使林映辰慘白了臉。趙勻寓追問：「既然話都說到這分上了，我就直問了。你喜歡李齊珊嗎？」

「嗄？」這唐突的問題讓周帷念扭曲了臉龐，「什麼鬼問題，難道妳們幫李齊珊做蛋糕，是因爲喜歡她？」

「喜歡呀，不過是身爲朋友的……」林映辰的大眼睛眨呀眨，無辜地盯著周帷念，「你也是以朋友的方式……喜歡著她吧？」

這一次周帷念沒回答，他只是嘆了口氣，問了句：「要在哪做蛋糕？」

大家面面相覷，最後決定暫時放過他。

我在內心思考著，在原本的時間線，周帷念肯定沒被這麼審問過。那原先他和李齊珊在高二時，關係是怎麼樣的？

第三章

仔細看過食譜後，我們一群人便開始製作蛋糕。作爲基底的海綿蛋糕在林映辰的巧手下一次完成，烤得香氣撲鼻而綿密，接下來需要替蛋糕抹上奶油，而我們發現周帷念能夠把奶油完美地塗抹平整，於是這項任務就交給他了。

待奶油均匀抹好，下一個步驟是蛋糕的裝飾，這時我才知道，程嘉妏家裡是開水果行。她帶來的水果香甜好吃，裹上糖漿後裝飾起來，整個蛋糕簡直就像店家販賣的一樣。

我負責的部分是以巧克力醬在蛋糕上寫下「李齊珊生日快樂」這幾個字，她們說我的字跡好看，所以這重責大任非我莫屬。本來我很擔心自己會做不好，好在完美達成，接著我們又用趙匀寓家中的鮮花來點綴，令整個蛋糕更加華麗後，便大功告成。

「明天晚上我們約李齊珊去唱歌，我會先回家拿蛋糕，你們先去包廂。」各自解散的時候，趙匀寓叮嚀著大家，我們了解地點點頭。

我和程嘉妏、林映辰以及周帷念走在回家的路上，太陽已經快要下山，大家都得趕回去吃飯。

看著我們四人的影子在人行道上被夕陽拉得長長的，我覺得此刻的光景十分不可思議。我竟與他們走在一起。

曾經威嚇我的程嘉妏，如今正笑著說她打算對李齊珊砸派。

曾經站在教室最後面，酸言酸語地說我最會跟老師告狀的周帷念，如今正手插口袋，緩緩走在我身邊。

曾經怒氣沖沖問我「妳現在高興了吧」的林映辰，一面擔心著李齊珊和周帷念之間的關係，卻又一面確認著李齊珊生日派對的細節。

而曾經……說我「屁話很多」的李齊珊，我怎樣也想不到自己會和大家一起做了蛋糕給她。

再一次的，我心想，如果人的個性不會輕易改變，那我只不過是沒舉發周帷念抽菸，一切的發展就能如此不同嗎？

到頭來，有問題的是不是真的是我？

「我們往這裡走。」來到十字路口時，程嘉妏指了右邊那條路。

「啊，帷念要往哪邊呢？」林映辰很主動地詢問。

「往和妳不同的那邊。」周帷念看似冷淡地說，程嘉妏大笑出聲，我也忍不住噗嗤一聲，又趕緊摀住嘴。

我緊張地抬頭，深怕自己的反應引來林映辰的不快。

但她只是嘟起嘴，瞥頭說了句「哼，算了」，就勾起程嘉妏的手往右邊走。

「她居然沒生氣……」我愣愣地自言自語。

「有什麼好生氣的。」周帷念以爲我在和他說話，回了一句。

「因爲我們笑她，然後你又凶她……」

「我那算凶嗎？妳們那也不是真心嘲笑吧？」周帷念皺眉，「走吧，妳也是這個方向不是嗎？」

那不是凶，也不是嘲笑？

我有點被弄糊塗了，與他人相處的時候，分寸到底該怎麼拿捏？怎樣是做得過分了，怎樣是恰到好處？

「不回去？」見我沒跟上，周帷念轉過身，後方的兩側路燈在此刻亮起，像是幫他從背後打光了一樣。

「要、要啊。」我垂下頭，連忙追上。

漫步在街頭，原本如果只有我一個人，就可以騎腳踏車回去，這樣能比較快到家。當然，我也能和周帷念說我要騎腳踏車回家，可是不曉得爲什麼，我就是說不出這句話。

「不知道是不是我的錯覺……」等紅綠燈時，周帷念冷不防開口。

「什、什麼？」我不安地扭著食指。

「妳是不是……很怕我？」他低下頭看我。

怕，我怕死你了！

不只你，我還怕每一個人。

「不怕。」我微笑。

他的目光在我臉上游移，然後轉回頭望著前方的斑馬線，摸著下巴沉思。

「總覺得，妳面對我們時好像戰戰兢兢的。」

周帷念比我想像中還要敏銳，這令我有些訝異。

「我沒有……」說到這裡，我停頓了下。周帷念都發現了，我再否認也不對吧？

假如我一味否認，也許會是錯誤的選擇？

於是我改口：「我覺得……戰戰兢兢也沒關係吧？我的意思是，人與人之間，是不是就是要這樣，才會……相處得比較好？」

「是嗎？」紅綠燈的信號轉爲綠色，周帷念邁開長腿，「我倒認爲戰戰兢兢的關係很可悲。」

可悲是嗎？

總比被無視、被排擠來得好吧。

我握緊拳頭，追了上去，「如果不戰戰兢兢，卻說錯了話，那該怎麼辦？」

「妳說什麼？」車聲太過喧囂，以至於我顫抖的話音沒被聽見。

「我說，如果爲了不要戰戰兢兢地相處，而勇敢說出自己的意見，可是卻說錯話了呢？」

「說錯了，就道歉。」他這麼回答。

「怎麼可……」我本想說「怎麼可能說道歉就道歉」，隨即卻想起我曾經在音樂課時，鼓起勇氣站上講臺爲自己辯解，周帷念卻起身向全班同學行禮道歉。

當時，我並沒有任何勝利的感覺。

我不是希望他道歉，我只是想得到同學們的理解。爲什麼當時我做的是正確的事，卻不被贊同？

那是爲什麼？我想知道原——忽然，我茅塞頓開。

「周帷念。」我輕聲喊了他的名字，這次他馬上聽見了。

「怎麼……要紅燈了！」他一驚，握住我的手腕，拉著我跑過馬路。他的腿長，步伐也大，幾乎跟不上的我差點跌倒，在信號燈轉爲紅燈的瞬間，我們剛好抵達對面。

「妳呀……不要在過馬路到一半時停下來，很危險。」他鬆開我的手，語氣有些責難。

「對不起。」

「妳好常說對不起，或許改一下，變成說『謝謝你』，聽起來會比較舒服。」他說，「這是別人教我的。」

我很難想像，有一天能和周帷念這樣對話。

「我知道了……那謝謝你。」我深吸一口氣，「之前，就是在我差點撞到電線桿以前，你騎到我旁邊本來是要說什麼？」

「喔，我是要說……」周帷念噗嗤一笑，「妳眞的很矮。」

「啊？」這個答案完全出乎我的意料。

「妳這麼小一隻，就算騎著腳踏車，我走路都還是比妳騎腳踏車快。」周帷念說完，沒禮貌地大笑起來，這是我第一次看見他大笑，「我騎到妳旁邊是要問妳到底有沒有在騎，沒想到妳卻嚇到去撞電線桿。妳是倉鼠嗎？」

「這、這……因爲我、我……只是嚇到了。」我有點不好意思。

「妳是因爲我突然接近而嚇到，還是因爲怕我？」他柔聲說。我抬頭看他，只見他慢慢彎下身，手掌放在兩側的膝蓋上，視線與我平行。

「我……」

「不要怕我。」他的聲音很輕，在這車水馬龍的大馬路邊卻如此清晰，「我不想讓人感覺害怕。」

「我、我不會怕你。」我別開目光，他的手卻輕扶我的下巴，讓我再次正眼對上他。

「那就別移開視線。」他說。

心跳聲頓時鼓譟不已，我緊張得連話都說不好：「好、好好好，你、你先放開，我！」

他滿意地後退了些，繼續向前走，「妳家在哪個方向？我送妳回去。」

「咦？不用了，我可以自己……」

「妳可以說說在哪個方向，不順路的話，我就不送了。」

「我家是往左邊那條路。」

「那順路。」他笑了，我總覺得好像被擺了一道。

但也好，我還有想要問的事情。

其實，早在最初我就該問了。

「周帷念，我想問你……」我嚥了下口水，「你爲什麼要抽菸？」

微笑著的他嘴角彷彿僵了一下，不過仍繼續走著。

「我的意思是……抽菸固然不對，可是你如果眞的想抽菸，有很多地方可以偷偷地……爲什麼你會在教室裡抽呢？」我沒說出口的是，那天，他還在空中花園向我道謝，說那對他而言是難熬的一天。

爲什麼是難熬的一天？

在原本的時間線，或許我在告狀之前必須做的，是問問看周帷念原因。

他的確做錯了事，可是身爲同學，我應該先關心他。這樣的想法沒有錯吧？

只是他似乎並不想告訴我答案，自顧自地走著，我必須加快腳步才能跟上。

「假如那天妳就問我，我大概不會說。」周帷念停在下一個紅綠燈的斑馬線旁，這才開口回答我的問題，「可是那天妳沒問，直到今天才問了，所以我想，或許告訴妳也行。」

我不明白他的邏輯，而再次邁步的周帷念這回配合了我的走路速度，我們轉進一條小巷子，他突然幽幽開口：「那一天，是我爸的忌日。」

我嚇了一跳，停下腳步。

「別停，繼續走。」他說，腳下也沒停，「我爸是因爲肺癌而死的，抽菸抽得太多了。」

天啊。

我想起了在原本的時間線，我所說過的那些話。

我說抽菸會得肺癌，會死，我還要邱老師告訴周帷念的父母。老師一定知道周帷念家裡的情形，所以我——我到底多自以爲是！

「我父母在我國小時就離婚了，我跟著爸爸一起生活。他因爲種種現實因素而壓力很大吧，導致菸癮很重，雖然他生病不全是由於抽菸的關係，但我總認爲那是原因之一。總之，他在我國中的時候離開了。」周帷念的聲音在小巷內顯得格外清晰，刺痛著我的心，「我只是會想，爲什麼已經一直咳嗽了，爲什麼醫生已經給過警告了，他卻還是堅持要抽菸呢？對他來說，菸存在的意義到底是什麼？看著他日漸消瘦，我氣自己的無力，也氣他。」

「那一天是他的忌日，我很想念他，而諷刺的是，我對他的記憶，就是菸味。」所以那天，周帷念才會用抽菸的方式來弔念爸爸。

天啊，我都做了些什麼？

「對不起，對不起，周帷念，我……」

「為什麼要道歉？」

「因為……」

「我不喜歡別人在聽了這件事後跟我道歉，不是說好了，要改成說謝謝嗎？」

他沒有原本那條時間線的記憶，所以他不曉得我說過什麼難聽的話。難怪周帷念一直以來對我都懷有敵意，雖然是在不知情的狀況下，我依然對他造成了嚴重的傷害。

「……謝謝你告訴我這段過去。」我只能這麼說，並在心中向他慎重地道歉，同時強烈地自我反省。

「沒什麼，沒事。」周帷念聳肩，說得雲淡風輕。

這一次，我不會再犯相同的錯誤了，且為了彌補自己的過錯，我想盡量地對周帷念好。

他長長的影子落在我的腳尖，我一向前，那影子就會跟著往上攀，從腳踝一直攀到膝蓋，再到我的腰間。不知爲何，我竟覺得有些好玩。

「周帷念。」

我輕喊他的名字，小聲到連我自己都聽不見。

✦

李齊珊生日那天，趙勻寓約了班上不少同學一起去唱歌。她按計畫先回家一趟，而我們剩下的人便前往KTV，面對這群在原本的時間線都曾對我惡言相向的人，說實話我有點緊張。

但經歷過周帷念的事件後，我開始明白許多事可能不單單是我看到的那樣，也許是我做了錯誤的選擇，才令他們展現出惡劣的那一面，所以這一次，我必須做出正確的決定，去了解他們好的那一面。

「楊景儒，你今天不是應該要練球嗎？」程嘉妏看著蹺掉練習來參加生日會的楊景儒。

楊景儒是在高一下學期才加入籃球校隊，所以這個時間點他大概還在爲此進行訓練，準備之後參加徵選。

「沒關係啦，一次而已，而且學長說我有資質，一定會被選上的。」楊景儒說著，東張西望，「你們大家有準備禮物給李齊珊嗎？」

「靠，要準備禮物？」莊騏安拍拍口袋，示意自己沒錢。

「我們幾個女生有一起烤蛋糕當作禮物啦，不過沒禮物也不要緊，李齊珊不會計較的。」程嘉妏說。

「我可是有準備禮物喔。」楊景儒望向走在最後面、身材高大又顯眼的周帷念，似乎有點不滿，「話說……周帷念怎麼也會來參加？他和李齊珊很熟？」

「他們才不熟！」林映辰哼了聲，隨即往後面跑，「帷念——我們等一下一起唱歌！」

「她眞是越挫越勇。」程嘉妏語帶讚賞。

「你們在偷偷說什麼？」走在最前方的李齊珊開啟了手機的地圖導航，沒好氣地回頭，「說要幫我慶祝生日，結果讓壽星自己走第一個負責找路，我是在帶團嗎？」

「唉唷！不要這麼說嘛！因爲只有妳的手機有網路吃到飽，才能開導航呀！」程嘉妏笑著攬住她的肩膀。

「哼，這樣還可以順便定位很方便好不好，可以記錄自己去過哪些地方。」

「雖然我的手機也有吃到飽啦，但定位這種功能根本是侵犯隱私。」莊騏安搖搖手指。

「誰理你！」李齊珊翻了白眼。

我們一行人來到KTV前，遠遠就瞧見門口站著一個拿著花束的男孩。

「哇，妳看那個，好誇張。」程嘉妏對我說，我也看過去。那個男孩穿著附近一間知名男校的制服，多半是資優生……不，他染了頭髮，耳垂上還戴了閃亮的耳環，並不像守規矩的類型。

注意到我們，男孩居然抬手打招呼，然後朝我們走來。

「忘了說，我找了朋友來。」依然落在最後方的周帷念開口，而那個男孩面帶笑容走到李齊珊面前，將花束交給她。

「生日快樂，李齊珊。」

「……許又日。」李齊珊的表情相當複雜，她猶豫了一會才接下花，被花束遮擋住大半張臉的她表情略顯不情願，卻又似乎有點開心。

「幹……那誰？」楊景儒低聲咒罵，遲鈍的我這才意識到，原來他喜歡李齊珊。

「大家好，我叫許又日，是李齊珊和周帷念的國中同學。」

一進入包廂，那個一出場就令人印象深刻的男孩再次拋來震撼彈，所有人都訝異不已。

「你們是國中同學？」

有人驚呼，對象當然是李齊珊和周帷念，大家都沒料到他們是這樣的關係。如此一來，他們之間那若有似無的聯繫便有了解釋，正是因爲他們是國中同學。

「我沒說過嗎？」李齊珊皺眉，「高一開學時，我記得我和周帷念都是穿國中的制服來啊。」

「就算穿一樣的制服，也不會想到你們同班呀。」林映辰吐槽。

「所以你們沒有在曖昧？」程嘉妏忍不住問。

「曖昧？我跟誰？周帷念？」李齊珊翻了個白眼，「我才不喜歡他那型的。」

「我也不喜歡妳這型。」周帷念聳聳肩，不甘示弱。

「眞是太好了！」林映辰的開心表露無遺。

「哈，你們在班上是怎樣？看起來太親暱所以被誤會？」許又日坐到了李齊珊旁邊，手還放在她的肩膀上。

「喂！你注意一點！」楊景儒立刻發難，用手指著許又日。

「我怎麼了嗎？」許又日挑釁地一笑，沒打算放開手。

「你——」

「生日快樂！」在楊景儒氣得幾乎要跳起來時，包廂門突然被打開，端著蛋糕的趙勻寓出現。察覺到包廂內劍拔弩張的氣氛，她先是一愣，接著很快理解了情況，「喔喔，搞錯曖昧的對象了是嗎？」

我忍不住對她豎起拇指。

「哇，這是買給我的蛋糕嗎？」身處風暴中心的李齊珊倒像個沒事人似的，開心地起身走到了趙勻寓旁邊。

「什麼買，是我們烤的！」程嘉妏得意地抬起下巴。

「蛋糕本體是我做的！」林映辰也湊到一旁。

「奶油是我塗的。」周帷念跟著邀功。

「我負責寫上面的字。」我只幫忙了一小部分，說出來有點不好意思，但大家都發言了，我也想刷個存在感。

我凝視著蛋糕上頭的花瓣，紫色、橘色和淡粉色的細長花瓣排成了一朵迷你小花，趙勻寓驕傲地說：「那是菊花花瓣，都可以吃喔，願意的話還可以拿下來泡茶喝。」

「天啊，我真的太高興了，謝謝妳們爲我做了這些！」李齊珊感動地抱了我們每個人，當她柔軟的身子撲進我懷中時，還吻了我的臉頰。

我想不到李齊珊會以如此親暱的方式回應，但我無疑是高興的，同時也有點埋怨原本的自己，竟然錯過了這麼多美好。

接著，李齊珊來到周帷念身邊，似乎猶豫了一下。她原本要張手擁抱，雙手卻停滯在半空中，最後她退了一步，改成伸出手，「畢竟男女有別，握手就好吧。」

「不用了。」周帷念擺擺手，逕自在許又日身邊坐下，「你也別太黏著李齊珊吧。」

「什麼啊，你們每天都可以見面，我可是很久沒見到她了，而且李齊珊還封鎖我的LINE，根本聯絡不上。」許又日抱怨，我這才發現他還戴了舌環。

「我每天都可以見到李齊珊。」楊景儒雙手叉腰，得意洋洋地說，雖然我不懂這有什麼好得意的。

「可以解除對我的封鎖了嗎？」許又日不理會楊景儒，撒嬌般地向李齊珊開口。

「你們到底在做什麼？」李齊珊沒答，而是白了他們兩人一眼。

「對啊，別吵好嗎？今天可是李齊珊的生日，大家快點圍成一圈。」趙匀寓邊說邊拉著李齊珊，要她坐到擺在桌子正中央的蛋糕前方，見狀，我趕緊從提袋裡拿出紙製的派對帽。

「等一下，我有準備帽子！」我撐開帽子交給李齊珊，上頭還有手寫的「生日快樂」字樣以及剪紙裝飾，李齊珊張大嘴，滿臉不可思議接過。

「妳做的？」

「對，有點簡陋……」

「怎麼會，簡直太精美了！」李齊珊滿懷感激地戴在頭上，「謝謝妳，念心，我好高興。」

「欸，怎麼自己偷偷做？」程嘉妏用手肘頂了我一下。

「對呀，偷跑。」林映辰挑挑眉。

「嗯哼，很有心呢。」趙匀寓豎起拇指。

「好可愛！」許又日誇張地喊，楊景儒聞言故意推了他。

這種心情該如何形容？這場聚會對曾經的我而言，是多麼的遙不可及。

「祝妳生日快樂，李齊珊。」我說，眼角帶著一點淚水，爲這看似平常卻得來不易的一刻而滿心激動。

趙匀寓替大家拍下了一張完美的合照，之後我們便開始唱歌。期間我和大家合唱了好幾首，這些日子以來的痛苦和不安都隨著歌聲被發洩出來，同時我也藉此得到療癒。

唱到一半，我有些口乾舌燥，於是離開包廂去自助吧臺裝飲料。站在飲料機前，我猶豫著該選哪種好，而有個人忽然來到了我身旁。我以爲是陌生人，因此往另一邊退了一小步，要讓對方先裝飲料，對方卻開口：「湯念心。」

「啊，李齊珊。」我沒注意到她也跟著出來了，「今天謝謝妳讓我參加妳的生日會。」

她的頭上還戴著我做的派對帽，讓我覺得很開心。

「我有個疑問，湯念心。」李齊珊裝了可樂，喝了一口後看著我，「妳和我們相處的時候，是不是總是在刻意配合我們？」

我一愣，我有這樣嗎……不，我有，我知道其實我有。

這也沒辦法，我必須小心翼翼，以防重蹈覆轍。

「周帷念也這麼說，他說我戰戰兢兢……」畢竟他們並不清楚原因，所以我這個樣子或許眞的很奇怪。

我表現得這麼明顯、這麼不自然嗎？

「是呀，就是那種感覺，戰戰兢兢，好像做什麼都要看我們的臉色。」李齊珊聳聳肩，「我是覺得沒關係啦，每個人交朋友的方式都不一樣，但我還是希望妳別勉強自己。」

「咦？」

「我的意思是，妳喜歡什麼、不喜歡什麼，要告訴我們。在一段關係中如果有一方過於委屈，那終究是不好的。」李齊珊悠悠地說。

「妳……這種事情說得容易，可是很難做到……」

「爲什麼？」

「要是說出自己眞正的想法……被討厭了呢？被排擠了呢？」我絞著手指。

「我不會因爲妳說實話就討厭妳啊？」

不，妳會。

李齊珊此刻的反應是認眞的，我相信。

然而很多時候，在事情發生之前，沒有人能確定自己會怎麼做。

我知道她會，因爲當我告訴老師周帷念抽菸後，她確實排擠了我。

「我能理解擔心說出眞心話會被討厭的那種心情。」李齊珊對我瞇眼一笑，「可是我經歷過，才會覺得眞的不該這樣子。」

「經歷過？」我有些狐疑，但李齊珊不想多談。

「總之，我希望妳有任何想法都不要隱藏在心中，也不要對我們小心翼翼的，失衡的友情維持不久。」她聳肩，「說實在的，我原本沒想過有一天會跟妳一起唱歌呢。」

這句話讓我一驚。

「雖然我才剛勸妳要老實講出自己的想法，不過有一件事，謝謝妳沒說出去。正是由於妳沒說出去，我才有了想和妳當朋友的念頭。」

「什、什麼？」

李齊珊比了個抽菸的手勢，又指指包廂裡頭，我頓時明白了她的意思。

「我以爲……妳不曉得，畢竟菸味應該都散去了。」

「我是不曉得，是周帷念告訴我的。」她聳聳肩，「他說，他也把原因告訴妳了。」

「對……所以妳也知道原因，是嗎？」

「我們是國中同學嘛。當年他爸爸走的時候，在班上鬧得有點大，因爲他是上課上到一半忽然被老師叫出去……」李齊珊垂下目光，「後來國二、國三時，他在他爸的忌日那天都會第一個到教室，然後點菸，被老師發現後當然被罵得很慘，但我們全班都站在周帷念那邊，希望老師別處罰他。而升上高中，和他同班的我受到國中同學們的託付，要幫忙照看周帷念，所以那天我才會提早到，卻只見到妳在教室。」

李齊珊又倒了一杯飲料。

「我沒聞到菸味，可是我知道他一定會抽菸，我以爲妳是事事都會向老師報告的那種討厭鬼，然而妳沒說。即便妳不清楚理由，那個瞬間也決定站在周帷念那邊，對於這一點，我眞的、眞的非常謝謝妳。」

說完，她愼重地向我行禮，我的心中頓時升起強烈的罪惡感。

我不是不說，而是明白說了以後會換來什麼，我不說，其實是爲了我自己。

「那個……妳不要這樣謝我。」我咬著下唇，「這是身爲同學的我該做的。」並再度說了一個得體的謊言。

「我就喜歡妳這樣。」她衝過來抱了我一下，讓我更加心虛。

忽然，我的腦中浮現一個畫面。那天早上，李齊珊拿了飯糰給周帷念。

如果他們之間的默契是源自於國中時同班，那給飯糰的行爲又是爲什麼呢？

「我想問……妳那天為什麼拿了飯糰給他？」

「喔，因為周帷念以前早餐都吃飯糰，那是他爸爸唯一會做的料理，所以……」她聳聳肩，「國中時，我們班會由值日生輪流帶飯糰來，周帷念以前沒有這麼高喔，我們都認為是我們全班一起把他養得這麼高的。」她笑了，顯得十分得意。

「原來如此……」說完，我感覺自己似乎鬆了一口氣。

李齊珊挑眉，語帶曖昧：「原來、原來呀！放心，我跟周帷念真的真的真的——沒有一絲絲曖昧。」

「什、什麼！我才沒……」我紅著臉要反駁。

「原來待在這邊講誰喜歡誰的八卦呀，我還在想怎麼出來這麼久。」突然出現的許又日雙手環胸，站在一旁點著頭。

一見到他，李齊珊馬上沉下臉色。

「所以妳喜歡帷念啊？嗯嗯，不錯喔，妳這型應該是帷念會喜歡的。」許又日把手放在下巴，上下打量我，「不過誤會齊珊和帷念有一腿就令我困擾了，畢竟和齊珊有一腿的可是我呢。」

這個震撼彈使我呆住了。

我偷瞄李齊珊的表情，卻沒有如預期中見到害羞的模樣，她面帶些許怒氣瞪著許又日，隨即撇過頭，眼神在那瞬間流露出感傷。

或許是我看錯了，她的雙眼好像逐漸蒙上一層水霧，而許又日靠過來，我下意識地擋到李齊珊面前。

「我叫做湯念心。」因爲不知該說些什麼，我只好自我介紹。

「念心，我知道，帷念說過，你們的名字有個字一樣呢。」許又日禮貌地對我微笑，但他顯然更在意我身後的李齊珊，「身爲帷念的國中同學，我就爆個料吧。帷念以前可是我們班的可愛吉祥物唷，沒人料得到他會在國三快畢業時抽高到一百八，又變成一副生人勿近的模樣。」

「吉祥物？」這下子我好奇了。

「如果妳想看的話，加個LINE吧，我之後傳照片給妳。」說完，許又日還眞的拿出手機。

「不用，我自己會傳給她。」李齊珊似乎整理好了情緒，拉著我的手腕往包廂走，「你別再藉由我來親近我的朋友。」

李齊珊這句話說得誇張，而我在和許又日錯身而過時，看見了李齊珊看不見的、許又日的表情。

他和剛才的李齊珊一樣，顯得受傷不已。

不過，此刻我不能再去探究他們的關係。當我看著李齊珊牽著我的手時，內心又有了新的體悟。

兩個人要成爲好朋友，有時必須達成特定條件。
有點像玩遊戲一樣，當條件達成後，才能解鎖成爲好友的成就。

第四章

隨著期中考結束，並和大家一起看了一場以穿越爲主題的電影後，對於現況，我又有了不同的想法。

原本我以爲時間是倒流了，回到了我撞見周帷念抽菸的那天，因此我之後原有的人生也會被覆蓋過去。

當然，這也是我的期望。

可是看完電影，我思考著，會不會我是進入了平行世界呢？

想著想著，我有點頭昏腦脹，這個問題太複雜了。況且無論我怎麼想，都不會有答案。

只能走一步算一步了，只是這如履薄冰的感覺令我相當不安。

我再次想起葉晨學長，那天我們匆匆告別，他留下了耐人尋味的話——

「希望妳這次能開心一點，學妹。」

聽起來他像是知道我發生了什麼事，否則不會說「這次」。但後來我數度去空中花園，都沒有遇見葉晨學長。

我不認識任何二年級的學長姊，而我們學校每個年級有十幾個班，雖然一班一班找人不算很困難，可是二年級教室在另一棟教學大樓，那棟樓平常幾乎只會有二年級生，其他年級的學生進入肯定會引來側目。

再加上，我聽說二年級有一些很凶的學長姊，所以更不敢過去。

「那個……我想問一下妳們大家。」

今天我和其他女生約好一起去福利社買三明治，然後待在空中花園吃午餐，享受一下愜意的午休時光。

「怎麼了？」趙勻寓拿出手帕擦乾剛洗過的手，連手帕上都有花朵的圖案。

「妳們有認識二年級的學長姊嗎？」比起我，感覺她們的交友圈會比較廣。

意外的是，所有人都搖頭。

「我們學校好像不太流行認識別的年級的人。」程嘉妏歪頭，「就連同一位老師也不太會同時教不同年級的學生。」

「每個年級所在的教學大樓都有點距離，也滿難認識的吧。」李齊珊聳肩，「妳怎麼突然這麼問？」

「我在找一個學長……」

話還沒說完，她們三個彷彿聞到了八卦的味道，一個個放下手上的午餐。趙勻寓雙手環胸，程嘉妏一手放在下巴，李齊珊則手撐石椅傾身向前。

「什麼？誰？」

「喜歡的人？」

「曖昧對象？帥嗎？」

她們七嘴八舌逼問。

「不是，那個人是我之前在空中花園遇到的一個學長，只有一面之緣，但我有事情想要問……」

「只有一面之緣就想找他？所以是一見鍾情？」趙匀寓興味盎然地說。

「是什麼時候的事？在我生日前還是生日後？」李齊珊追問。

「等一下，妳不是和周帷念有點什麼嗎？」程嘉妏的話讓我大吃一驚，其他兩人卻點頭贊同。

「什、什麼叫我跟周帷念有點什麼，我們沒有怎樣啊。」

「是沒怎樣啦，不過感覺確實好像有點什麼。」趙匀寓說完，徵求另外兩人同意，她們「嗯嗯嗯」地猛點頭回應。

我自己覺得根本沒怎樣，爲什麼她們都認爲我們有鬼？

「不是啦，眞的沒有……算了，當我沒說。」我趕緊打開三明治吃起來。

「原來妳會提議來空中花園，是因爲想見那個學長啊。」程嘉妏將吸管插到牛奶瓶之中，慢條斯理地說。

「每次經過福利社，都會看見念心往空中花園張望，原來是這個原因呀。」趙匀寓恍然大悟。

天啊，她的觀察力也太好了吧。

「哇，周帷念知道嗎？」

……怎麼話題又轉回周帷念身上了啦！

見我十分困擾，她們笑了聲，總算願意開始吃午餐。

「好啦，不鬧妳。那個學長叫什麼名字？也許可以請邱老師查查看？」程嘉妏給了一個不錯的建議。

自從回到過去之後，我還沒單獨見過邱老師，畢竟除了告狀或商量事情，我和老師本來就沒太多交集。

況且，在原本的時間線，我和邱老師最後的交集是他認爲介入我被同學排擠的事不好，而我懷疑他把我們的談話內容告訴程嘉妏。因此這一次，我並不想和老師有更多接觸。

「那可以麻煩妳幫我問嗎？我只需要知道學長在哪個班級就好，我再自己去找他。」

程嘉妏挑了挑眉，「好啊，沒問題。」

於是我告訴她葉晨學長的名字，她們三人再次調侃地說這個名字好聽，甚至還當起了算命師，胡亂分析我們倆的契合度。

因爲沒辦法制止，我就隨她們去鬧了。

下午打掃的時候，程嘉妏帶了不算好的消息回來。

「邱政翔老師沒有教二年級的學生，所以他不清楚，我請他問問有教二年級的老師了，再等等吧。」

「可惜呀，想見牛郎一面這麼難。」李齊珊搖搖頭，拍了下我的肩膀。

「什麼牛郎？」拿著掃把的周帷念忽然出現在我們身後，程嘉妏一臉被抓包的表情，趕緊溜走。

「唉唷，可惜帷念你出局了。」李齊珊笑咪咪地揶揄。

眞是的，在我們幾個聚會時亂說就算了，居然當著周帷念的面說，這下子被誤會該怎麼辦？

「妳在講什麼？」周帷念皺眉，「妳不是負責拿資源回收的東西去倒嗎？楊景儒在找妳。」

「吼！爲什麼我要倒資源回收，明明班上的垃圾製造機就是你們男生！」

講到打掃工作的分配，李齊珊就來氣。邱老師爲了讓班上每個人都能理解維護環境清潔的重要性，並明白打掃各區塊的同學都有各自的辛勞，所以每兩個禮拜就會重新抽籤一次，更動大家的打掃區域。

這一次，李齊珊抽到了整理資源回收物，而與她搭檔的正是喜歡著她的楊景儒。

在李齊珊氣沖沖地離開後，和我負責同區塊的周帷念聳聳肩，又掃起地來，而我轉身拿抹布擦欄杆。

「牛郎是什麼？」不久，周帷念冷不防問。

「呃……沒什麼啦，是她們在亂。」

「該不會是什麼……夜店的牛郎吧？就是要花錢開香檳捧場的那種？」周帷念認眞的詢問讓我不禁笑出來。

再怎樣也不該想到那個吧！

「我才十六歲，是要怎麼去牛郎店啦，你從哪裡看到這種事的？漫畫？」

他似乎對自己說的話感到有點難為情，點點頭後繼續掃地。

正當我以為話題就這麼結束了的時候，周帷念驀地再問：「如果不是牛郎店的牛郎，那我只想得到牛郎和織女了。」

「這話題還要繼續啊……」我低聲喃喃。

「所以誰是牛郎，誰是織女？」

我沒回應，逕自走到洗手臺前洗抹布，周帷念跟了上來，「所以說，妳們到底在講什麼？」

「她們是在講牛郎和織女沒錯，不過就是開玩笑。」我轉過頭，發現他離我好近，於是嚇了一跳想往後退，然而後方就是洗手臺，無路可逃。

周帷念明明注意到我沒地方退，卻不打算拉開距離留點空間給我，還不依不饒地逼問：「開玩笑，開誰的玩笑？誰是牛郎？誰是織女？」

我的天，他是這種會打破砂鍋問到底的人嗎？

我對他的印象明明就是經常安安靜靜地待在角落，不發表意見也不說話，但光是那個樣子，氣場就足夠強大……好吧，那是原本那條時間線的印象。

和他熟悉起來以後，就會發現他像個小孩子一樣。

「你你你你退後一點點啦。」我稍微推了下他的胸膛，在碰觸的瞬間，我彷彿觸電了一般，而他也有些害羞似的終於往後退了一點。

「我退了，妳也要回答我啊。」他依舊不死心，我忍不住想問他是什麼星座，這麼纏人。

「我……在找一個學長，因爲只見過他一次，所以我請嘉妏幫我問邱老……」

「爲什麼？」他打斷我的話。

「爲什麼……因爲我們都不認識二年級的人，才會請老師……」

「我是說，爲什麼妳要找那個人？」

「因爲我有事情想問他啊……」

「什麼事情需要問一個只見過一次的學長？」周帷念看起來不太高興，「妳說他叫什麼名字？我去找。」

「咦？不用，不用你去……」

「爲什麼？」

我才想問爲什麼！幹麼這樣咄咄逼人呀！

「吃醋了。」不知是誰悠悠出聲，我和周帷念都嚇了一跳，同時轉頭。只見站在教室玻璃窗後的趙匀寓正用手指輕點她帶來的花朵，饒富興味地瞧著我們。

「什……」周帷念一臉詫異，看著擠在趙匀寓後方的全班同學。

對，全班同學。

「你們好像忘了，你們在我們班後走廊的洗手臺前耶，還講得這麼大聲。」李齊珊沒放過調侃的機會，臉上的笑容意味深長。

「周帷念，你在吃醋啊？攻勢眞猛。」楊景儒說著，瞥了眼李齊珊，不曉得是羨慕還是嫉妒。

「什、什麼！帷念，你眞的喜歡念心？」林映辰眨著水汪汪的大眼睛。

「不是，我只是問一下！」周帷念大聲反駁，他的臉卻出賣了他——他整張臉紅了起來，連同脖子和耳朵都不可避免。

「哇。」程嘉妏驚呼，「看得我都不好意思了。」

「什……」周帷念一愣，隨即發現窗玻璃隱約映出自己通紅的臉，於是立刻掉頭離去，留下我一個人待在原地承受大家的目光。

我的天，這是怎樣！

「我還沒打掃完……」說完，我趕緊轉身洗完抹布擰乾，往我們教室旁邊的小廣場去。

「好了各位同學，給剛萌芽的愛情一點點成長的時間吧。」趙匀寓像個大姊姊似的，裝模作樣地提醒大家。

來到小廣場，我見到高大的周帷念有如小孩子一樣，正飛快掃著地，灰塵揚起，在陽光的照射下特別明顯。

「這樣掃沒有用。」我輕聲說，周帷念似乎嚇了一跳。

他有些不滿地轉過頭，眼神帶著責備和一絲絲不愉快，可是配合那漲紅的臉，頓時一點都不可怕了。

「那學長叫什麼名字？」

「原來這話題還沒結束啊……」我咬了咬下唇，面對周帷念認真的模樣，我只得嘆了口氣投降，「他叫做葉晨。」

「葉晨？沒聽過。」語畢，他又埋頭掃地。

「我就只是想問他一件事，沒找到人也沒關係。」像在解釋一樣，我說完就再去擦欄杆了。

打掃時間結束，當我們回到班上時，大家關愛的眼神果然毫無保留地朝我們投來。

我的心癢癢的，宛如被許許多多飛揚的蒲公英種子拂過。我得承認，我並不討厭因此被大家注目。

✦

「念心呀，最近學校生活怎麼樣呢？」早餐時間，爸爸將稀飯端到餐桌上，關心地問。

「嗯，很開心。」我不自覺地微笑。

爸媽互看一眼，媽媽甚至欣慰地摸摸我的頭。

「怎麼了？媽？」

「以前妳也總是說開心，或者沒事，但這一次看起來好像是真的很開心。」媽媽似乎鬆了一口氣。

我頓時恍然大悟。原來不是我一直以來隱藏得夠好，而是爸媽他們給了我足夠的空間，沒有勉強我說出不想說的事。

那麼，在原本的時間線，我每天那麼痛苦地擠出笑容，在他們眼中是否都只是拙劣的偽裝，只是他們忍耐著不詢問我？

想到這裡，我就覺得自己有點不孝。

「媽！爸！」所以，我起身抱住他們兩人。

「哎呀，怎麼了，零用錢不夠嗎？」不習慣我撒嬌的爸爸用這樣的方式掩飾難為情。

「別鬧了。今天我送妳去上學好嗎？」媽媽推開爸爸，朝我問道，而我點頭。

再一次坐在我們家的休旅車上，我開心地將音響的頻道調整到某個廣播節目，而媽媽繫緊安全帶後，忽然問：「妳跨年那天應該沒有安排要和朋友出去吧？」

「沒有特別約耶。」

「如果沒有約，就和爸爸、媽媽一起去山上跨年吧？」

聞言，我雀躍不已，接著卻想到一件重要的事——就快要到年底了。

媽媽正是在接近年底時，把車子借給同事然後發生嚴重車禍。我記得當時車子損傷嚴重，但因為是我們家的車子故障，所以即便有保險理賠，媽媽還是給了那位同事一筆不少的慰問金，造成不小的負擔。

「那個，媽，妳最近有去保養車子嗎？」

「明年二月才需要再保養。怎麼啦，妳居然會問這種事？」

「嗯……那個，我在想是不是要提早去保養一下。」

「爲什麼？時間還沒到呀。」媽媽十分疑惑。

「提早去保養也沒有損失吧？」我試圖說服她，「如果我們跨年那天要出門的話，最好先確定車子沒問題，這樣也比較安心。」

「這麼說也沒錯，難得妳會注意這一點。」

也難怪媽媽會意外，畢竟我這個年紀的孩子很少會考慮到車子的安全問題。

「因爲前陣子老師剛好提醒過。」我撒了個謊。

「好吧，有時間我會去保養的。」

「一定要去喔。」我再次叮嚀。

我不好要媽媽別把車子借人，或者明確要求媽媽去檢查煞車，因爲我擔心若太直接試圖阻止原本會發生的事，會導致媽媽付出什麼代價。

電影或電視劇裡不是都這樣演的嗎？當你想改變必然發生的事件時，一切只會變得更糟糕。

雖然就目前來說，我已經成功令許多事情往好的方向發展了，所以我還是希望能試試看。

總是得嘗試才知道可不可行，我還記得發生車禍的日期，只要確保車子性能沒問題，那應該就不會出事。

而下一個重要的時間點，就是爸爸從月臺樓梯摔下來的那天了。

那天我一定要跟在爸爸身邊，不讓他受傷。

車子停在校門口旁的接送區，我和媽媽說了再見，踩著輕鬆的步伐抵達教室，一進門卻見到林映辰張大了嘴，滿臉不可思議盯著我。

「怎麼……」

下一秒，李齊珊衝到我面前抓住我的肩膀，「哇塞！妳看到了嗎？」

「什麼？」我完全處於狀況外，而班上的同學們正瘋狂討論著什麼。

趙匀寓將花瓶放到講臺邊，「周帷念還眞是一不做，二不休啊。」

「他做了什麼？」我困惑地問。

「我要是被周帷念這樣熱烈地吃醋，可能也守不住。」莊騏安語氣誇張，還滿臉羨慕看著我，「接受吧。」

「等一下，我聽不懂……」我瞥了眼周帷念的課桌，桌面上放著他的書包，但沒看見他的人。

「什麼嘛！帷念眞的喜歡妳喔？爲什麼！」林映辰哼了好幾聲，然後指向外頭，「他站在二年級的教學大樓前面。」

「什麼？」我大驚，立刻往外跑。

「衝啊衝啊！」同學們興奮地鼓譟，我此刻已經管不了別人的閒話了，只顧朝二年級的教學大樓奔去。

遠遠的，我看見周帷念就站在教學大樓的入口前。

葉ㄔㄣˊ在哪？

他胸前掛著寫了這行字的牌子，雙手放在腰後做出稍息的動作，面無表情盯著前方。經過的學長姊們無不竊竊私語，有些人還笑了出來。

我的天啊！他居然用這種方式幫我找人？

而且還寫注音，怎麼這麼……可愛……不，我在想什麼，怎麼會覺得他可愛？

「周帷……」我要喊他，卻瞧見邱老師快步走近周帷念。

「你在二年級的教室前面做什麼啊！」邱老師大喊。

「我想找人。」周帷念認真解釋。

「不要這樣，都引來大家注意了，跟我過來！」說完，邱老師轉身要走，周帷念卻不爲所動。

「你做什麼？快點跟上。」

「在找到以前我不會走。」

「你幹麼也要找這個人？是想尋仇？」邱老師說出了最誇張的那個推測。

「算是。」沒想到周帷念給了更誇張的回應。

邱老師頓時愣住，他馬上伸手架住周帷念的脖子，「那就更不能讓你待在這了！行行好，你們是我帶的第一個班，不要給我惹事！」

他死拖活拉地將周帷念帶離，引來在場的學長姊們一陣訕笑，而我傻眼地看完這齣鬧劇。

周帷念他是怎麼了？

回到班上時，周帷念在二年級教學大樓前被邱老師抓走的消息已經傳遍一年級，幾個別班的同學還跑來我們班打聽周帷念是跟哪個學長結下梁子。

楊景儒雙手抱住自己，用噁心的語調說：「是愛的梁子。」

我面紅耳赤，對於事情發展到這一步感到不可思議。

第一節的英文課開始十分鐘後，周帷念回來了。他大概是被邱老師念了一頓，一副劫後餘生的樣子，本來就有點亂的頭髮更亂了。

「牌子被沒收了。」一進到教室，他第一句話居然是說這個，而不是向英文老師解釋遲到的原因。

不過他鬧出的事多半也傳進了老師們耳裡，英文老師只是憋住了笑，要他快點回座位。

周帷念坐下後，還大剌剌地直接盯著我，不只他，就連全班同學都看著我。

「妳被騙了。」他開口。

「什麼？被騙什麼？」

「感情嗎？身體嗎？」

「還是錢？」

「找到那個學長了嗎？」

同學們爭先恐後地問，英文老師也沒制止，顯然一樣豎耳聽著。

「邱政翔老師說他向其他老師確認過了，二年級沒有叫葉晨的學長。」

我一驚。怎麼可能？

「妳被騙了。」說完，他就趴下來睡覺了。

「欸欸，不能談完戀愛就不上課啊。」英文老師說了莫名其妙的話。

下課後，李齊珊等人果然圍到了我的座位旁，爭先恐後詢問，也不管周帷念就坐在我旁邊。雖然他在睡覺，可是總歸還是在呀！

「所以到底是怎樣？」

「妳被仙人跳了？」

「失戀了？」

當楊景儒說出「失戀了」三個字時，原本趴著的周帷念抬起頭，這個動作讓大家安靜了一下，接著紛紛開始嚷嚷。

「這比韓劇好看。」趙勻寓笑咪咪地坐在位子上看好戲。

我都不知道有天我的事還必須跟全班解釋了。

「就只是有一次，我偶然在空中花園遇到了那位葉晨學長，然後他告訴我……」

同學們屏氣凝神，用力點著頭，周帷念投來的視線也異常刺人。

他告訴我向月亮許願的事。

——這荒唐的真相，我是不會說出口的。

況且，現在我有點懷疑葉晨學長到底是不是我們學校的學生了，或者他根本不是人類，也許是天使之類的？還是該叫做月亮使者？

「他說了什麼？急死人了！」李齊珊催促。

「喔，就是我……在空中花園掉了錢包，他撿到了還給我，可是後來我發現裡面少了超商的集點貼紙，所以我想問他有沒有看見。」我一時想不出什麼好理由，只能用這破爛藉口。

「什麼啊！就這樣？好無聊！」果不其然，這個「事實」完全無法滿足大家的好奇心，莊騏安還拍拍周帷念的肩膀，說他白吃醋了。

「不，這樣很好。」周帷念看起來倒是挺開心。

「不過就是集點貼紙罷了，有必要刻意找那個學長問？」趙勻寓對於劇情的發展十分不滿意，並提出了質疑。

「因為、因為……現在集點送的那隻兔子我想要呀，我很喜歡，所以非常認真在收集。」我隨口說。

「這點小事為什麼不早說？我還以為會是三角戀耶。」李齊珊自己才是身陷三角戀的人，居然好意思說風涼話。

「畢竟很無聊啊，我覺得沒有說的必要，結果沒想到你們越想越誇張，我就更難說出口了。」一切重新來過後，我說謊的功力增加了不少，雖然有時候仍舊沒辦法說得很完美。

「好吧，各位觀眾你們可以要求退票。」趙勻寓宣布。

由於這場風波，下午邱老師特別把我找去談話，為了顧及隱私，他還把我帶到輔導室。

在原本的時間線，我曾經在輔導室和邱老師懺悔自己不該誤會程嘉妏偷了東西。話說回來，當時偷東西的人到底是誰？

「怎麼不坐下呢？」邱老師出聲打斷了我的思緒。高一時期的邱老師頭髮更短，清爽得像剛退役的男孩，走在路上被認作學生都有可能。

「啊，謝謝老師。」我對輔導室有點陰影，畢竟上次出來後去上體育課，就遭受到程嘉妏充滿惡意的對待。

「根據我詢問周帷念的結果，還有一些觀察，我想這一切就是因為他吃醋了，對吧？」

「吃、吃醋？」我還是沒辦法大方地反應。

「高中生談談戀愛沒什麼呀，只是沒想到周帷念那樣的孩子也會吃醋。」邱老師邊說邊點頭，「能這樣吃醋眞好呢……」

「眞好？」

「啊，沒什麼。」邱老師搖搖頭，「所以妳在找的那位葉晨學長……」

「沒關係的，老師，不用找了。」我趕緊說。

我不敢再找下去了，要是學校裡眞的沒這個人呢？

或者，也許是我弄錯了年級，葉晨學長應該是三年級，因此原本時間線的他是留級了？

但無論是哪個情況，我都認爲不需要再找了。

「確定嗎？我是還沒問過三年級的同學。」

「眞的不用了，謝謝老師，抱歉引起這樣的騷動。」

「不，二年級的同學們很高興喔，畢竟看了一場青春追愛劇。」邱老師說完還笑了，「這些青春回憶會是你們一生的寶物，不管是好是壞，都將影響到往後的人生。」

這句話讓我有些惆悵，多少人有機會重來一次青春時光呢？

如果說現在的青春時光才是美好的，那在原本的時間線，我是不是失敗了？存在於原本時間線的我又有什麼價值呢？

「老師，如果有天我被排擠了，你會怎麼幫助我呢？」我忍不住問。目前並沒有發生這樣的狀況，所以我更想知道，此刻的邱老師會如何回答。他一樣會要我別討好大家嗎？還是會說些其他冠冕堂皇的話？

「妳被排擠了嗎？」邱老師立刻嚴肅地問。

「沒有，我只是……好奇。」我苦笑。

即便現在過得十分快樂，偶爾，我還是會夢見自己回到了原本的時間線，因此痛苦難耐，無法呼吸。

醒來之後，一直到抵達學校遇見第一個和我打招呼的同班同學，我才能放鬆下來。

「如果發生了排擠這種事，我想我不好直接介入。」邱老師雙手放在下巴，「這是個很難回答的問題，該怎麼做才不會造成二度傷害？該怎麼做才能讓帶頭的人眞正反省？我想無論是任職多久的老師，都永遠會對這個問題感到頭痛。」

我一怔，邱老師說的話和當時差不多。

他並非只把教學當成一份工作，而是眞心地在爲學生想辦法。

可是當時我卻誤會了他。

我抿了抿嘴角，仔細想想，我又希望老師怎麼幫我呢？

要求全班同學別再排擠我？那大家反而會變本加厲地欺負我。幫我安排轉班？轉校？那都只是逃避。

不理會、不討好、不在乎同學們？這種消極的面對方式也不保證有效。

「有一點是肯定的，就是要嘗試反抗吧。」邱老師說，「必須先自救，他人才能給予協助，否則誰也幫不了你。」

「這有點像風涼話。」

「是呀，是有點。」邱老師的身體往椅背靠去，「我告訴妳一個故事吧。」

「曾經有一個男孩，他無論做什麼都被班上同學看不順眼。他問過大家原因，也嘗試過改變自己，換來的卻只有更多欺凌。後來他選擇告訴老師，而老師的做法是在課堂上直接要求大家反省，並且懲罰有霸凌行爲的人。從此，那些同學表面上看似不再欺負他了，可事實上只是避開師長的耳目，霸凌的手段甚至變得更加殘酷，男孩好幾次都快失去了求生意志，心中唯一希望的就是快點畢業。」

我倒抽一口氣，明白了邱老師口中所說的男孩是誰，而邱老師淡淡一笑。

「有一天我發現，除了我自己，沒人能幫我，這是多麼可悲、可憐又現實的答案。所以我拿起一旁的椅子往霸凌者身上砸，雖然他們人多，很快就聯合起來還手，可當下我大概是連命也不想要了，無論他們打我幾次，我都能再站起來，並且往死裡向他們反擊。很快的，他們有人放棄了，並漸漸地一個接一個退縮。」邱老師兩手一攤，「最後，我打贏了帶頭者，從此再也沒人敢欺負我。這絕對不是最好的解決方式，但只要能讓我逃出那個地獄，就是好的方式。」

邱老師坐正身子，「由於這樣的經驗，所以要是班上發生這類情況，我一定會盡我所能，在那個同學被逼到絕境前，將事情處理好。」

原來邱老師當時眞的是想幫助我……我掉下了眼淚，邱老師頓時慌張不已，趕緊到處找衛生紙，但最終只能拿出自己口袋裡的手帕給我。

「湯念心，難道妳眞的……」

「沒有。」我打斷老師的話，「班上同學都對我非常好，我只是覺得能在邱老師的班級眞是太好了。」

用手帕擦乾淚水，我打從心底誠摯地說：「如果我身上眞的發生了這樣的事，我一定會找老師幫忙的，因爲老師很能讓人信賴。」

邱老師笑了起來。

離開輔導室的時候，我想將手帕還給他，邱老師卻說：「就給妳吧，當作是一種感謝？」

「感謝？」

「妳剛剛那番話，讓我覺得選擇老師這個職業眞的選對了。我想許多老師都只是希望學生能夠信賴自己吧。」說完，邱老師還眨了眨眼。

沒想到老師也會有如此淘氣的表情，我會心一笑，再次道謝後，離開了輔導室。

當我往教室的方向走時，突然發現程嘉妏站在走廊的轉角。

「嘉妏。」我喊了她的名字，並順手把邱老師給我的手帕收進口袋裡。

「那是什麼？」她表情怪異，盯著我的口袋。

「啊，手帕，老師給我的。」我拿了出來。

「爲什麼老師要把手帕給妳？」

「因爲我剛才哭了。」奇怪，程嘉妏的反應怎麼這麼不對勁？

「哭？妳爲什麼哭了？」她的神情轉爲擔憂，「老師不是找妳問周帷念的事嗎？還是他責備妳了？」

「不是，都不是。」我趕緊澄清，以免邱老師被誤會。

「那是爲什麼？」程嘉妏追問，看起來頗爲擔心。

「我只是問了老師，如果班上發生霸凌事件的話，老師會怎麼做。」

「霸凌？我們班有這種事情？」程嘉妏的聲音高了八度。

有呀，本來會有。

「當然沒有。」我笑著，然後伸手握緊她的手，「邱老師的回答讓我覺得很安心，我們的班導能是他這樣的老師，眞是太好了。」

聽我這麼說，程嘉妏的表情變得柔軟，她似乎有些心疼地揉了揉我的頭，「妳想太多了，我們班不會發生這種事。」

我只是苦笑了下。

「不過我倒是認同妳說的，能待在邱政翔老師的班級，真是太好了。」

「是呀。」我注視著程嘉妏，內心浮現了小小的疑問。

無論在哪條時間線，當我從輔導室出來以後，都被程嘉妏質問了。

在原本的時間線，我以為是邱老師把我的煩惱告訴了程嘉妏，但現在看來，邱老師不會這麼做，所以是程嘉妏自己察覺的。

她為什麼要這麼密切地注意邱老師的一舉一動？

「那個，嘉妏。」我停下腳步，「如果我誤會了，妳不要生氣。」

「什麼？」她歪著頭，而我四下張望，確定沒有其他人在。

「妳……覺得邱老師怎麼樣呢？」

我沒辦法問她是不是喜歡邱老師，所以換了個說法，我想程嘉妏會懂我的意思。

「什麼怎麼樣？他就只是一個老師。」程嘉妏平靜地表示，轉身往前走，「妳好奇怪，居然問我這種問題。」

她既沒有慌張，也沒有臉紅，語氣甚至毫無起伏。

但這樣的反應有違她的個性，所以我頓時確定了，原來程嘉妏喜歡著邱老師。

我把這個發現當成祕密，不打算說，也無意再向程嘉妏確認。

只是這樣一來，我的心裡踏實多了，因爲我明白了在原本的時間線那時，程嘉妏爲什麼會在體育課來找我麻煩。

她不是怕我去告狀，她只是不希望我和邱老師有太多獨處的機會，我記得她還要我別因爲老師對我好就心花怒放。

想到這裡，我稍稍釋懷了些，原來她並非想找我麻煩，只是吃醋了。

我莞爾一笑，曾經那麼痛苦的遭遇，如今卻能笑著回想，明明才只是不久前的事。人的想法眞的會隨處境轉變，這眞的很不可思議。

「湯念心，妳今天有要幹麼嗎？」放學時，李齊珊來到我的座位旁。

「回家呀。」我望了一眼後頭，班上同學已經走了一大半，周帷念剛才也和我道別了。

李齊珊努努嘴，有些欲言又止。

「怎麼了嗎？」我問。

「那妳能陪我一起逛逛……或者至少陪我走一段路嗎？」李齊珊提出令我意外的要求。

「當然沒問題。不過怎麼了？」我背起書包，和她一起走出教室。

「我可以陪妳逛呀！」留下來練習籃球的楊景儒同時也負責鎖門，他在教室裡喊著，但李齊珊不理會他。

一直走到和教室有一段距離後，李齊珊才緩緩說：「我們一起去唱歌的那天，那個許又日妳還記得嗎？」

「喜歡妳的那個？」

聞言，她翻了個白眼，隨即嘆氣，「對，就是他，那個討厭鬼。」

「妳討厭他呀？」

「討厭，我討厭死他了！」李齊珊大聲說，「他剛才傳訊息給我，說他在校門口等我。」

印象中，唱歌那天許又日提到李齊珊封鎖了他的LINE，看來是解開了。

「這樣的話我和妳一起好嗎？」人家要約會，我當什麼跟屁蟲呀？

「我就是要妳一起去，讓他死心！我會說我們兩個有約。」李齊珊抓緊我，「妳別被他可憐兮兮的模樣騙了，他對女生下手很快的，妳要小心。」

看來他們兩個之間的愛恨情仇，我還是不要過問的好，所以我點點頭，跟著李齊珊往校門的方向去。

許又日雖然穿著明星高中的制服，但他的打扮實在太過特立獨行，所以站在校門口的導護老師仍對他格外注意。原本坐在一旁椅子上發呆的他一見到李齊珊，立刻笑開了臉起身招手。

他的髮色和上次見面時又不同了，制服下襬倒是有紮進褲頭，書包背帶的長度也正常。

「湯念心，對吧？」他對我比出開槍的手勢，眨眨眼打招呼。

「你好。」

我的回話方式讓許又日一愣，然後大笑起來，「妳也太認真了。妳要回家了吧？拜嘍。」

無論許又日是裝傻，還是真的沒看出來我為何和李齊珊走在一起，總之他顯然不希望我留在這。

「念心今天和我有約。」李齊珊馬上勾住我的手。

「喔？那念心，妳能不能把李齊珊借給我？妳們明天再約吧？」許又日瞇眼微笑，似乎對李齊珊的反應毫不意外。

「呃……」

「不行！」李齊珊擋到我面前，「我就直說了，許又日，你這樣讓我很困擾。沒先打聲招呼就直接在校門口等我，之前還沒經過我的同意就來參加我的生日會，我想畢業那天我已經說得很清楚了，我們沒必要再見面。」

「可是我沒答應啊！」許又日賴皮地兩手一攤，我發現有幾個同學投來目光，於是稍微拉了下李齊珊，以防導護老師也過來關切。

「我要說的都說完了，再見。」李齊珊拉起我的手，我們兩個往反方向快步離去。

然而許又日眞不愧是周帷念的朋友，同樣不懂得放棄兩個字，他追了上來，但保持著一點距離，就這樣跟在我們後面。

一個街口、兩個街口。一個路口、兩個路口。一個紅綠燈、兩個紅綠燈。

他跟在我們身後走了至少三十分鐘。

「妳們到底要去哪裡呀？我們已經經過好幾個捷運站了耶。」許又日的語氣顯得好整以暇。

「你才是要跟到什麼時候！」李齊珊忍無可忍，氣得轉身。

見李齊珊氣紅了臉，許又日收起笑容。

「妳能不能給我喝杯飲料的時間？」他認眞地問。

「我說過我不想——」

「妳從不聽我解釋、不接我電話，也不願意見我，妳怎麼知道妳以爲的就是事實？」許又日嚴肅無比。

「我有眼睛，我自己會看。我有耳朵，我自己會聽。」李齊珊抓著我的手顫抖個不停，「我拜託你放過我好不好！」

許又日不從，「我好不容易見到妳，妳以爲我在妳的學校門口等妳，就不需要勇氣？否則為什麼我不早點這麼做？非得要等到在生口會見過妳，確定妳心裡還有我的存在後才來？」

李齊珊將臉轉到我這側，她沒有看我，不過我能清楚看見她的表情。她咬著下唇，滿臉委屈和不甘，眼眶裡的淚水就快要潰堤。

「那個，就當給我一點面子，先到此為止好嗎？」

我不知哪來的勇氣，站到了李齊珊和許又日之間。

「湯念心，我認同妳想保護朋友的行為，可是我必須……」

「今天不會有結果的，你看齊珊用盡全身力氣在拒絕你，也許你該適時退後一點。」我握緊身後李齊珊的手，用嘴型告訴許又日：「下次再來。」

他十分猶豫，又想上前，於是我搖搖頭，食指從自己的眼角劃向臉頰，暗示他李齊珊在哭。

見狀，許又日總算願意妥協了。他的神情淒涼，說了句：「那我先走了。」

直到許又日走遠，我才轉身確認李齊珊是否沒事了。

她死死咬著下唇，似乎在強忍眼淚，可是淚水早已流了滿臉。我慌張地找著自己書包裡的面紙，卻先摸到了口袋中的手帕。

「這個我拿來擦過眼淚，不嫌棄的話……」

我還沒說完，她便伸手接過邱老師給我的手帕，不客氣地擤了鼻涕，然後用力打了自己的臉頰。

「我不會哭！不會爲那種人哭！」李齊珊迅速止住淚水，有些不好意思地對我說：「手帕我洗乾淨再還妳。」

我點點頭，然後指了一旁的咖啡廳，「我們去喝杯飲料，休息一下好嗎？」

「嗯！我請妳吧，就當作是讓妳在寒風中陪我走這段路的小小補償。」說完，李齊珊再次拉住我的手腕，往那家價位不算便宜的連鎖咖啡廳走去。

我們點了熱巧克力牛奶和蛋糕，在舒適的靠窗沙發座坐下。放學後和朋友一起吃點什麼的感覺挺好。

我們隨意聊著趙勻寓的花、楊景儒的球技、莊騏安的搞笑行爲等等，最後李齊珊提到了周帷念。

「就算林映辰喜歡他，也不會因爲嫉妒而做出過分的行爲。」她望著窗外來往的行人，「我就不是這樣的人了，所以才會把事情搞砸吧。」

我抿抿嘴，一隻手蓋在她的手背上，「妳願意告訴我，妳和許又日的故事嗎？」

「或許不是太愉快的故事喔。」她側頭，露出勉強的微笑。

「沒關係。」我拍拍她的手背，「不管怎樣，我都會聽妳說。」

第五章

李齊珊和許又日之間的故事有個簡單的前提，那便是兩情相悅。

而他們兩人互相喜歡的契機，是因爲周帷念。

國中時期的周帷念個子矮小、皮膚白皙，模樣非常可愛，所以班上同學都把他當作弟弟。

某日上課時，周帷念突然被焦急的老師叫了出去，從那天起，周帷念就失去了爸爸。

「於是我們全班同學決定，要好好照顧這個弟弟，就如同我之前說過的，由值日生負責帶鹽巴飯糰給他當早餐，然後忌日那天，我們會對他用抽菸懷念爸爸這個行爲睜一隻眼閉一隻眼。不過第一次發現他這麼做時，我和許又日正好是值日生，我們嚇了好大一跳，還爲了要不要制止他而吵架。」

李齊珊傾向告訴老師，許又日卻認爲一年就這一次，讓周帷念藉此弔念一下爸爸沒關係。最終他們達成了協議，並未告知班導，雖然後來班導還是發現了，但他們全班都站在周帷念那邊。

「那天放學，許又日叫住了我。」她的神情懷念，像是回到了過去。

當時許又日還沒把頭髮染得亂七八糟，也還沒穿耳環甚至舌環，模樣青澀且稚氣。他對她說：「告訴老師或許是正確的做法，可是妳還是替周帷念隱瞞了，像妳這樣懂得為同學著想的女生，我最喜歡了。」

「我當下心想，這個小不點在說什麼？那時他比我還要矮，卻用這種彷彿高人一等的態度對我告白。」李齊珊拿起馬克杯，嘴角的微笑很是溫暖，「可是那天之後，我便開始在意起這個小不點，他怎麼忽然就長得比我高了、忽然聲音就變低沉了、忽然頭髮就染了別的顏色了？怎麼忽然就變成……我這麼不熟悉的模樣了。」

「即便周帷念也抽高、變聲了，我都從不覺得周帷念會讓我小鹿亂撞，為什麼許又日不一樣呢？我問周帷念會不會對突然改變很多的女同學有這種感覺，他說不會，然後還說我這是喜歡許又日。是呀，我想應該沒錯，許又日跟我告白這麼久了，雖然我始終沒正面回答，他總說願意等。所以國三寒假的時候，我跑去許又日的家，想告訴他我也喜歡他。」

接著，李齊珊卻看見許又日和她最要好的朋友在家門口接吻。

說到此處，她的眼淚再次撲簌簌流下，「我當下真的好生氣，許又日明明喜歡我。可是我有什麼資格生氣？難道他要一直等我？那我該氣我的朋友嗎？但每次朋友問我對許又日的想法，我老是回答我不喜歡他。所以，我有什麼資格生氣？」

之後，李齊珊戴上了面具，繼續和朋友們嘻嘻哈哈的，彷彿沒事一樣，面對許又日也維持一貫的態度。於是她的朋友便向她坦白了和許又日交往一事。

「我朋友居然說，我和她們在一起似乎很委屈，總是勉強自己配合她們，還說和我當朋友很痛苦，因爲我像易碎的玻璃，她們都得小心翼翼地對待我。但是難道我要告訴她們我也喜歡許又日，還爲此嫉妒吃醋嗎？」李齊珊握緊我的手，「我說不出口，可是嫉妒沖昏了我的腦袋，所以我伸手推了她，然後從此再也不理會她。我就這樣變成了一個無理取鬧的神經病，她們甚至不明白我在生什麼氣。」

這就是去KTV唱歌那天，李齊珊會在包廂外對我說那些話的原因，她確實是過來人。不過這樣說不通呀，如果許又日有女朋友的話，那爲什麼……

「那爲什麼許又日會來找妳？」而且他看起來也相當痛苦。

「我不知道，也不想知道。畢業那天，他居然再次和我告白，要我給他回答，我只說不想再和他聯繫了。」

「妳怎麼不問清楚呢？也許他們其實並沒有交往，又或者已經分手了？」我抓住李齊珊的肩膀，「妳不是說了，在一段關係之中不能有一方是委屈的，那妳爲什麼不……」

「如果我問了，許又日卻還在和她交往呢？如果他只是心血來潮想玩弄我呢？好，假設他眞的單身好了，如果和我交往以後，他說還是忘不了前女友呢？」李齊珊掉下眼淚，「太多如果，讓我好怕，我不想再經歷一次喜歡著一個人，卻眼睜睜見到他和別人在一起的那種痛苦。」

我伸手擁抱李齊珊，輕輕拍著她的背，「好，不要不要，都不要。」

我完全想像不到，平常看似充滿自信的李齊珊，會有這樣一段過去。

在她冷靜下來後，我們有些不好意思地相視而笑，起身離開了咖啡廳。來到捷運站，因爲我們兩個的家在不同方向，所以當我看見她該搭的列車進站時，便趕緊要她上車，李齊珊卻拉住我，「今天眞的謝謝妳。」

「不會，妳回家好好休息。」

「我會爲妳和周帷念加油的。」結果她下一秒說的話卻讓我一怔。

「我和周帷念沒……」

「行了，妳有一天會承認的，不要跟以前的我一樣嘴硬。」她對我眨眨眼，雙眼仍有些紅腫的她此刻亮了眼神，「那我們明天見。」

捷運車廂的門關上，留下我傻愣在原地。

怎麼大家就這樣把我和周帷念配成一對了？

雖然我不討厭他，可這種感覺要說是喜歡，似乎也不太對。

況且我根本不確定周帷念是不是眞的喜歡我……嗯，好吧，可能是。

但我是憑著哪一點，又是在什麼時候讓他喜歡上了我？

我沒有自信，也不會妄想那樣一個帥氣的男孩會喜歡自己。

畢竟要不是我先得知了未來會發生什麼事，現在也不可能會有這樣的校園生活。

當目前的時間線超越了我原本經歷過的時間後，我會不會又開始犯錯？這些朋友會不會因此離我而去？我是個那麼容易犯錯的人。

就在我胡思亂想的時候，突然瞧見家門口站著一個熟悉的身影，周帷念在那裡來回踱步，我頓時以爲自己看錯了。

「周帷念，你怎麼會在這？」我趕緊跑上前，一見到我，他露出了一點微笑。

「我在等妳。」

「我知道，這裡是我家。可是你怎麼不先打電話？」我看了下手機，確認沒有他的來電，同時估算著從放學到現在過了多少時間。

「又日說妳和李齊珊在一起，所以我猜妳會晚點到家，又不想給妳壓力，反正我沒事，可以在這邊等。」周帷念說得輕鬆，我卻聽得有些愧疚。

「你下次先打電話啦。」

「下次？」抓到了關鍵字，他的耳朵彷彿豎起來了，「所以我下次可以再來妳家找妳？」

「呃……不是不行。」

我話還沒說完，他便露出開心的笑容。

「也不要沒事就過來……」我補充。

「我一定會有事情才過來。」說著，他從口袋裡拿出一個兔子吊飾。

「這是？」我打量著那有點眼熟的兔子。

「超商的集點贈品，妳不是說想要這隻兔子嗎？」他燦爛地一笑，而我摀住嘴。

天啊，我只是爲了圓謊才說想要兔子吊飾，周帷念卻放在了心上，而且這麼快就換來給我，這……

「你本來就有在集點嗎？」愧疚之餘，我的內心也充滿感動。

「沒，我放學後趕快集點馬上換，跑了幾家超商才換到。」他抓抓頭，明明身材高大，卻像個孩子。爲什麼這樣一個男孩，我以前會覺得他可怕呢？

「謝謝你……」我握緊粉紅色的兔子吊飾，然後把它掛到書包上，「你看，我掛在書包上了。」

「很可愛！」

「是呀，眞的很可愛。」我捏了捏兔子。

「我不是說兔子。」

瞬間，時間宛如凍結了，我只聽得見自己的心跳，還有周帷念的呼吸聲。

我慢慢地抬頭，對上他清澈的雙眼，風吹亂了我們的頭髮，再次令他兩側太陽穴的小痣顯露出來。他的手撫上我的臉，幫我整理凌亂的髮絲，可狂風並沒有停息，他只是越整理越亂，連帶我的心湖也被他的指尖撥弄得漣漪陣陣。

他彎下了腰，將臉靠過來，我反射性往後一退，連忙低下頭，「謝、謝謝、謝謝謝你說我可愛愛愛愛。」

這句話我幾乎是用吃奶的力氣吼出，大聲到彷彿迴盪在整條巷子裡。

「……噗。」

在我這麼尷尬、這麼害羞又這麼緊張的時候，周帷念居然笑了。

「你笑了？」我立刻抬頭看他。

「沒有。」他的表情收拾得很快。

「但我剛才聽到了噗一聲。」

「放屁吧。」

這傢伙在說什麼啊！

「你、你、你不要這樣！」我指著他。

「不要放屁？」他又笑了，這次是那種以捉弄我爲樂的壞笑。

「不是！」

「是不要說放屁？」

「不是！」

「是不要喜歡妳？」

「不是！」我一說出口，便驚覺自己落入了陷阱，於是漲紅了臉。他剛才是莫名其妙告白了嗎？

「不是呀，所以我可以喜歡妳嘍？」

爲什麼他能說得這麼自然、這麼不害臊又這麼突然！

周帷念雙手插在口袋朝我聳聳肩，模樣瀟灑不已，彷彿剛剛告白的人是我一樣。

「爲什麼是我？」

「爲什麼不是妳？」他似乎覺得我的問題很好笑。

「我沒什麼優點，也不漂亮，然後個性也不……」

「停嘍。」他不悅地皺眉，「妳再這樣批評我喜歡的女生，我會不高興的。」

「……你是不是交過很多女朋友？」

我只是想表達他很會說話，周帷念卻認眞地回應我：「沒有，就連喜歡也沒有。妳是我第一個喜歡的女生。」

我沒想過還有這樣的告白方式，他輕鬆得就像在問我要不要當朋友。

「是喔……那……嗯，謝謝喔。」

「謝謝呀，這回答也不錯。」他笑了。

「因爲你說不能講對不起。」

「妳現在跟我講對不起的話，就是拒絕我了耶！」他大吃一驚，「那我必須慶幸了，好在我之前跟妳說過別講對不起。」

他雙手合十，朝某個方位亂拜，「眞是老天保佑喔。」

「你在幹麼啦。」

他的舉動實在太有趣，所以我忍不住笑了出來，而見到我笑，周帷念宛如鬆了一口氣。他搔了搔頭，再次靠近我，我下意識地往後縮了一下。

「不要怕我。」先前他也對我說過同樣的話。

我抬頭，對上他略顯哀傷的笑容。

「我不是怕，我只是……」我咬唇，「有點……不知道該怎麼反應。」

「跟之前一樣就好。」他的大手壓到我的頭頂，我以爲他會用力亂摸，但他只是輕輕拍了兩下，「兔子送到了，我回去啦。」

「啊，謝謝你。」我又道了一次謝，他笑著對我比出V字手勢。

「對了，差點忘記說。」周帷念想起了什麼，「許又日要妳的LINE，他想問李齊珊的事，妳願意嗎？」

「這好像不太好，李齊珊她……」我猶豫著該不該提到她哭了。

「李齊珊如果眞的不想再和許又日聯絡，那我也會跟之前一樣幫她擋掉，可是兩個人要斷絕聯繫前，好歹也該把話說清楚再斷。要是因爲誤會而從此各分東西，不是很可惜嗎？」

他的看法不無道理，只是李齊珊的意願……

「有時即便是好朋友，也不見得要一味順著對方。」周帷念偏頭，「不然，妳聽聽看許又日的說法也沒損失吧？」

「我覺得許又日是好人。」我認眞地說。

「他們都是好人。」周帷念輕聲表示，「妳也是。」

我是嗎？

「那我先走了，拜拜。」他揮手，不知爲何，那離去的模樣讓我想起了第一次在教室裡看見他點菸的樣子，明明高大無比，卻有如一個寂寞的小男孩。

我不是告訴過自己，往後要盡量對他好嗎？

「周帷念。」所以我喊住他。要是他希望我聽許又日怎麼說，那我就聽聽看，「你把我的LINE給他吧。」

「謝謝妳。」他對我豎起拇指，走出了巷子。

這天晚上洗完澡後，我收到了許又日加入好友的通知，同意請求後，許又日的訊息跳出。

「哈囉，湯念心，先跟妳說聲謝謝啦。」

他馬上傳來訊息，我甚至來不及跳出聊天室就已讀了。

「你好。」

「你好？眞的假的，妳連回訊息都這麼認眞？」

他傳來一張大笑的貼圖，我也回了一個中規中矩的貼圖。

「不打擾妳休息或念書還是洗澡看電視什麼的，我就開門見山了。今天李齊珊有沒有哭？」

這記直球完全不讓人有閃躲的機會，他眞的是周帷念的好朋友。

「我是李齊珊的朋友，所以我不確定有些事情適不適合告訴你。」

「妳眞的是她的朋友呢，我第一次遇到不會把她的事全部告訴我的朋友。」

他這番話給人許多想像的空間，但我決定什麼都不回，靜靜地等著他說就好。

「雖然只見過兩次面，不過我想妳應該是小心謹愼的類型吧？好，妳就看我怎麼說，在妳認爲合適的時候回應，或者不回應也沒關係。這是我最後一次嘗試向李齊珊解釋了。」

「畢竟她拒絕了我太多次，我不是不懂得放棄的人，如果她眞的一點機會也不給，又不願意聽我解釋的話，那我也不會再死纏爛打。老實說，其實我原本已經準備放棄了，要不是那天帷念臨時放我鴿子，說要去做送給李齊珊的生日蛋糕，我也不會能趁機去李齊珊的生日會，更不會因此發現自己還有機會，進而說服她解除對我的封鎖。」

「反正，前言到此結束，我直接說重點。我一直都喜歡她，從國中到現在都是，但我不知道爲什麼她會誤會我有交往對象，以爲我只把她當備胎，而且她還說看到我和別人有親密接觸。」

訊息到這邊，他停頓了很久，我以爲他說完了。我不打算回應什麼，因爲看起來全像是在找藉口。

但是下一秒，又是一長串文字傳來。

「我唯一一次犯錯，就是聽信李齊珊當時的好朋友的鬼話，讓對方拿東西來我家，結果當我開門的時候，那個女生突然親我。我當下就罵了她，她卻哭著說什麼和好朋友喜歡同一個人很痛苦之類的……反正這些都不是重點，我的重點就是一句，我沒腳踏兩條船，也沒把李齊珊當備胎，我從以前到現在都喜歡著她，但這眞的會是我最後一次和她解釋。」

「明天放學，我會在校門口等她，如果她不來我這裡，我就明白她的意思了。」

許又日並不清楚李齊珊拒絕他的關鍵原因，如今他既然自己提及這件事，就代表他肯定問心無愧。

「我會告訴她。」我留下此刻最需要傳達的簡短文字後，將所有訊息截圖下來，原本想傳給李齊珊，可是想了想，又覺得只有文字和圖片的話，不一定能達到溝通的目的。

於是我決定隔天直接給她看我和許又日之間的對話。

「爲了謝謝妳，這是之前說要給妳的。」

許又日的訊息忽然再度跳出，還附帶了一張照片，我點開來，只見三個青澀的孩子穿著墨綠色制服站在某間學校門口，中間那個男孩明顯比另外兩人矮小，白淨的臉龐上帶著靦腆的笑容。

周帷念留著中規中矩的平頭，腦袋兩側的太陽穴處一樣有著可愛的小痣，而平頭更顯得他的頭型好看。

「好可愛……」我忍不住喃喃，接著趕緊摀住嘴。還好我現在是自己一個人待在房間，不會被別人聽到這痴漢般的發言。

「很可愛對吧。」

許又日彷彿會讀心似的，嚇得我差點摔手機。

「我還有別的，妳要嗎？」

這是想收買我嗎？

「不要以爲這樣我就會幫你說好話。」

「我當然沒那麼想。」許又日再次傳來大笑的貼圖，「不過當妳這麼說的時候，就表示妳確實想要帷念的照片，而在什麼情況下，一個女生會想要一個男生以前的照片呢？」

隨後，許又日再傳了三、四張周帷念國中時的照片給我。

周帷念穿著體育服，微微彎腰注視著前方上空的排球。

稍微長高了一點點的周帷念，拿著蘋果汁坐在校園裡的長椅上，看著鏡頭皺眉。

神情有點憂鬱的周帷念坐在自己的位子上，課桌椅的尺寸對已經抽高的他來說顯然太小了，襯衫和長褲也是。

這大概就是國三的時候，他的爸爸已經離開之後。

如果當時我也在那裡該有多好。

我和國中時的周帷念會怎樣相處呢？

我也會成爲在發現他抽菸後，幫他瞞著老師的一員吧？

我也會輪到替他做飯糰，然後因爲他的大幅抽高而自豪。

那他呢？

假如我們國中時就相遇，他還會喜歡我嗎？

假如我們國中時就相遇，他會像現在這樣，主動接近我嗎？

還是我們會變成他和李齊珊那樣的關係，就只是普通朋友？

但是，我還是希望能在國中就與他相遇。這樣當他難過的時候，我就能陪著他。

✦

翌日，一早天色就有些灰暗，看起來似乎快下雨了。伴隨著溼氣的風讓體感溫度更低，我圍上圍巾，在月曆上將今天的日期圈起來。

在原本的時間線，今天就是媽媽把車借給同事，然後發生意外的日子。

不過今天媽媽並沒有把車借人，因爲她把車子送去保養了。

「好誇張喔，技師說我的休旅車煞車有問題，要不是提早檢查，那就出大事了。」媽媽一邊和爸爸討論，一邊看著剛走出房間的我，「念心呀，眞是謝謝妳要媽媽去檢查車子。」

「那是多虧老師有教。」我從冰箱裡拿出牛奶，給媽媽一個微笑。

「是啊，佛祖保佑，話說早上小徐還想和我借車呢，要是車子沒送去保養，不曉得會不會發生什麼狀況。」媽媽提到了那位同事，喝著牛奶的我內心一驚。

「應該不會啦，在發現車子有問題前不是也開過好幾次？沒那麼巧。」爸爸樂觀地說，而我一口氣喝完牛奶後，帶著淺笑清洗自己的杯子。

很好，我又成功改變了一件事，接下來就是爸爸了。

「咦？妳的書包怎麼掛了娃娃？眞難得。」在我背起書包準備出門時，媽媽瞧見了昨天周帷念送給我的兔子。

「喔，這個是……朋友送我的。」他確實算是朋友，但這兩個字我依然說得有些心虛。

「挺可愛的。」爸爸沒發現任何不對。

「那我出門了，上班路上小心喔，媽媽。」我趕緊對他們揮手。

以往走在上學的路途中，我總是舉步維艱，現在卻是一路哼著歌，以接近小跑步的速度來到學校。

「早安！」我大喊。

「早安呀。」

「精神這麼好？」

「看樣子作業有寫喔，借我！」

大家此起彼落地回應，包括程嘉妏、李齊珊、趙勻寓，還有林映辰、莊騏安、楊景儒，以及……我將視線投向正坐在位子上吃早餐，雙眼不忘看著我並揮揮手的周帷念。

太好了，今天想必也會是美好的一天。

「李齊珊，我有話要跟妳說。」倒數第二節課下課時，我認眞地對李齊珊說，示意她和我一起離開教室。

到了空中花園，李齊珊四下張望，「妳找到葉晨學長了，於是周帷念有了天大的情敵嗎？」

「不是啦！」我無奈地澄清，她在胡說什麼呀。

「哈哈，我看妳表情這麼嚴肅，所以開個玩笑。」李齊珊大笑起來，開懷得彷彿昨天不曾哭得那麼慘一樣，「所以怎麼了？」

「昨天我到家的時候，發現周帷念在我家樓下等我。」

「天啊！」李齊珊摀住嘴，神情興奮，「所以他強吻妳嗎？」

「才沒有！」我大叫，「等等，他會嗎？」

「我不知道，但我希望他會。」因爲不是講自己的事情，李齊珊的態度和往常一樣輕鬆。

「妳認眞聽我說啦！周帷念拿了兔子吊飾給我。」

「我就知道！趙勻寓一早就注意到妳的書包多了吊飾，一直跟我們說那絕對是帷念送妳的！她還開了賭盤！」

我傻眼，「眞的假的？」

「對，但賭盤無法成局，因爲所有人都賭是帷念送的。」李齊珊一彈指，「包含林映辰喔。」

聽見林映辰的名字，我頓了下，「林映辰不是喜歡……周帷念嗎？」

「說到這個，她挺乾脆的耶，畢竟周帷念都那麼明目張膽地追求妳了，所以她也挺祝福你們的。」李齊珊欽佩地說。

我想起曾經對我大吼的林映辰，原時間線的那個她。

也許不是她的個性不一樣了，而是因爲我們的關係改變了，所以即使她的個性沒變，對此仍會有不同的反應。

這是一切重新來過之後，我最大的體悟。

「如果妳是因爲林映辰的關係，才遲遲不敢接受帷念，那妳可以放心了。」李齊珊對我眨眨眼。

「唉唷，我不是要說這個……」我紅起臉，拿出自己的手機，點開了和許又日之間的聊天室，「我想讓妳看個東西。」

「什麼東……西……」瞥見許又日的名字和頭像，她愣住，「妳什麼時候加他好友了？」

撇除周帷念的告白，我把前因後果一五一十地說給她聽。

「妳覺得我該看嗎？」李齊珊握著我的手機，遲遲不敢看螢幕。

「我只問一個問題。妳還喜歡他嗎？」

李齊珊張大眼睛，僵住了表情。她先是搖頭，可是咬了咬下唇後，又點點頭。

「就是喜歡，才會這麼生氣，才會不知所措，才會怕受傷！」她摀住自己的臉，而我強迫她抬頭。

「那就看，給妳自己、也給許又日、給你們兩個再一次機會吧！」我大聲地說，希望能帶給她一些鼓勵。

李齊珊點頭，擦掉了眼淚，深吸一口氣後，默默看完了許又日傳給我的訊息。

「妳要怎麼做？」

「我、我要去找他。」幾乎沒有猶豫，她立刻起身，「我這個笨蛋！我從來沒問過他，因爲我怕，我不敢聽他解釋。」

「沒關係，好在他沒有放棄啊！」我抓住李齊珊，「還有一節課才放學耶。」

「我、我等不及，我不曉得他會等我多久，要是、要是他只等我五分鐘呢？那我不就永遠錯過他了？」

慌張的李齊珊有點可愛，我瞥了一眼手機，「妳要蹺課？」

她猶豫了下，然後點頭。

「這樣好嗎？」我嘴上這麼說，但是卻笑了。

於是，李齊珊把書包留在教室，由我來跟最後一節課的老師說她去保健室休息了，而她則偷偷從學校後門出去。

這個理由周帷念好像不太相信，他寫了紙條問我：「李齊珊去哪了？」

我想了想，笑著寫下「追愛」兩個字。

周帷念一看到，便一手握拳喊了聲YES，引來了老師的注意。

「YES什麼？要上來答題嗎？」

「沒有！我是說老師教得眞好，YES！」周帷念搞笑地說，同學們紛紛大笑。

他也會有這樣的笑容，這樣的行爲，這樣的表情呀。

我彷彿看他看得入迷了，想要見到他更多的表情，想要了解他的一切，想要陪伴他走過任何時刻，我想看著他成長，也想看著他的模樣日漸成熟。

或許是我的注視太過熱烈，周帷念摸了一下自己的臉頰，又瞧了我一眼，發現我還在看他，於是他拿起課本遮住自己的側臉。

「你幹麼？」我低聲問。

「妳爲什麼盯著我看？」即便說著話，他也沒把課本拿開。

「你平常不是也會盯著我看？我不能看嗎？」

「那不一樣。」

「把課本拿開啦！」我覺得有趣，伸手作勢要搶課本。

「我不要。」他說，把課本捏得更緊。

「你拿開啦！」

「不要。」

「這樣我怎麼……」

「咳！」一聲咳嗽聲忽然傳來，我轉過去，只見趙勻寓單手托腮，又是那笑咪咪的樣子。

「你們是不是忘記還在上課啊！」楊景儒一臉哀怨。

「我會瞎，眞的會瞎。」程嘉妏遮住自己的眼睛。

「眞的很好看，有開放贊助嗎？我願意付費觀看更多。」趙匀寓做出掏錢的動作。

「哼，討厭討厭！但人家是好女孩，會大方給予祝福的！」林映辰說完，嘟起了嘴。

「做得好！」莊騏安莫名其妙對我豎起拇指。

此時，周帷念終於放下課本，大概是爲了看是誰咳嗽，結果全班同學都看見他的臉龐徹底燒紅了。周圍的人都感染了那份害羞，空氣中宛如飄浮著粉紅泡泡，罪魁禍首就是這個調戲別人時毫不害臊，自己被人調侃卻一下就臉紅的壞蛋。

鐘響，總算迎來放學，大家背起書包準備回家，我也打算趁沒人注意時帶著李齊珊的書包離開，但楊景儒卻過來了。

「湯念心，李齊珊一直沒回來，她肚子有這麼痛喔？」他關心地問。女孩子最方便使用的藉口就是生理痛了，在緊急時刻，這也是個不會被多問的好藉口。

「嗯，所以我拿書包去給她，拜嘍。」我趕緊要打發他。

「我跟妳一起去好了，我很擔心她。」沒想到楊景儒馬上背起自己的書包，還伸手去拿李齊珊的書包。

「不、不用，我自己去就好！」我連忙阻止，「你是男生，你去不方便！」

「如果她眞的很不舒服，也需要力氣大的人幫忙扶她回家吧，所以我也去。」

見他如此堅持，我一時不知該如何回應。這下子該怎麼辦？

「傻瓜喔，楊景儒，李齊珊不在保健室啦。」說話的是正在幫花朵噴水的趙勻寓，她背著書包，也要離開了。

「什麼？」楊景儒看看我，又看向她，「爲什麼？」

「李齊珊從來不會生理痛啊，我想應該蹺課去哪了吧。」趙勻寓聳肩，把噴水器放到一旁，「就別爲難念心了，你看她連謊都說不好。」

「噗。」周帷念又在一旁偷笑。

「帷念。」林映辰淚眼汪汪地站到周帷念面前，「你要幸福喔。」

「嗯。」周帷念還頷首回應。

林映辰轉過來盯著我，「湯念心，因爲是妳我才退讓的喔。」

「等、等一下……」

「那李齊珊去哪了？」楊景儒激動地問我。

「她現在應該……」我歪著頭，拿出手機想問問她狀況，手機卻搶先一步響起，來電者正是李齊珊。

「快快，快接！」楊景儒催促。

「喂……齊珊，妳……」

「我沒看見他！」李齊珊帶著哭腔的焦急嗓音從電話那頭傳來，聲音大得讓還在教室的人都聽到了，周帷念立刻起身靠向我。

「我沒看見他！他是不是走了！他放棄了嗎？」

「什麼誰走了？誰放棄了？」除了楊景儒和莊騏安有些摸不著頭緒，其他人都露出恍然大悟的表情，顯然多少猜到了狀況。

「齊珊，妳冷靜一點，他不會那麼快就……」

「不，一定是我太高傲、太討人厭了，他已經不喜歡我了！我該怎麼辦？我……嗚嗚……」李齊珊近乎崩潰，我趕緊要周帷念打電話給許又日。

「妳沒打給許又日嗎？」我問李齊珊，傳訊息也可以啊。

「他沒接電話，也沒回應，他一定是走了……」

我看向周帷念，他搖搖頭放下手機，表示對方沒接電話。

「怎麼回事？」程嘉妏皺眉問我，在這個節骨眼，我只能全盤托出了。

「李齊珊，不要理那種男人，妳在那邊等我，我馬上去接妳！」楊景儒充滿男子氣概地吼，然後就往教室外面衝。

「楊景儒！等一下！」莊騏安隨即跟上。

而趙勻寓托著下巴，「那個訊息我可以看一下嗎？」

「這……」我有些猶豫，但周帷念點了頭。

趙勻寓閱讀訊息的速度很快，頁面滑到底後，她迅速說：「這句『我會在校門口等她，如果她不來我這裡，我就明白她的意思了』，指的應該是我們學校的校門口吧，李齊珊去哪裡等了？」

我一愣，「那不是指許又日的學校嗎？妳看，他寫『來我這裡』耶！」我和李齊珊都是這麼解讀的。

「他的意思應該是，他會在我們學校的校門口等，如果李齊珊不去見他的話，他就離開吧。」周帷念看了下訊息，也提出意見。

我連忙打電話給李齊珊，同時要周帷念他們快先去校門口確認許又日是不是真的在那，是的話就留住他。

「李齊珊！搞錯了啦，是我們學校！」我喊著。

「我、我已經在計程車上了，我剛才遇到國中同學，他說許又日最後一節課蹺課！」李齊珊還在哭，「幫我留住他！」

掛斷電話，我們所有人都往外頭跑，趙勻寓還有閒工夫拿出手機開始錄影。她一邊跑一邊對著鏡頭說：「現在，一場青春追愛劇展開了，究竟有情人能不能終成眷屬呢？」

「妳在幹麼啦！」程嘉妏笑了聲，接著忽然停下腳步望向對面的教學大樓。我隨著她的視線方向看去，只見邱老師和張老師正站在走廊上交談，似乎有說有笑的。

程嘉妏握緊雙拳，看起來十分在意。

「我們走吧。」我輕喚她一聲，她對上我的目光，默默斂起了情緒。

終於，我們抵達了校門口，意外的是，楊景儒和莊騏安也在那，他們正抓著許又日的衣領。

周帷念見狀趕緊上前，把兩方人馬分開，高大的他擋在中間，充分展現出身材優勢。

「你都傷了李齊珊的心，還來這邊做什麼！」楊景儒對著許又日叫囂。

「這關你什麼事！」許又日不甘示弱。上次在KTV慶生時，他們兩人之間就隱隱有火藥味了，如今一發不可收拾。

「當然關我的事，因爲我……」說到這裡，楊景儒停頓了，一輛計程車停在了校門口，車門隨即打開，李齊珊從車上下來。

「我、我沒有錢，誰可以幫我……」結果她的第一句話徹底破壞了氣氛。

「我終於可以贊助一波。」趙勻寓也是氣氛破壞王，她乾脆地拿了錢包，就往計程車那裡走。

「李齊珊。」

「李齊珊……」

許又日和楊景儒分別喊了她的名字。殘酷的是，李齊珊的眼裡明顯只有許又日，以前是，現在是，以後也或許都是。

她朝許又日走去，周帷念適時地退開，莊騏安也拍拍楊景儒的肩膀，要他像個男人一樣，灑脫退場。

「你寫那什麼東西，不清不楚，誰知道在誰的學校校門口？」李齊珊冷聲說，眼眶含淚。

「妳願意給我一杯飲料的時間，聽我解釋了嗎？」

「不用。」李齊珊再次拒絕，許又日垂下肩膀。

「所以妳……」

「我只問你，你國中時有女朋友嗎？」

「沒有。」

「你用生命發誓是被強吻？」

「對，我發誓。」

「你沒有對我說過謊？」

「沒有。」

「你一點也不喜歡她？」

「當然不。」

「那你喜歡我嗎？」

「一直都是。」

李齊珊深吸一口氣，「到什麼時候爲止？」

「到妳不喜歡我爲止。」許又日扯出一抹微笑，「我可能都還會繼續喜歡妳。」

終於，灰暗的天空透出一絲陽光，冷冽的風也不再刺骨，曾經哭得滿臉淚水的李齊珊露出了笑容，在許又日張開雙臂的時候，毫不猶豫地撲進他懷中。

「結果是有情人終於成眷屬。」趙勻寓在旁邊感動得只差沒拿出面紙擦眼淚，「眞是太好看了，我好喜歡這段，青春萬歲。」

「念心！」李齊珊喊了我的名字，並從口袋裡拿出一條手帕丟給我，「謝謝妳。」

我接下手帕，是那天借給她的、邱老師的手帕。

「我想，我不會再用到了。」她注視著許又日，兩人再次擁抱。

在雙方心意相通的這瞬間，就別管附近有多少人，也別管這是在校門口了吧。

我將手帕放進口袋，大夥兒都圍繞在許又日和李齊珊身邊，討論著等等要去吃點東西慶祝，而我注意到楊景儒和莊騏安默默往學校裡面走。

我跟了過去，想叫他們別走太遠，等等一起去吃東西，卻目睹出乎意料的一幕。

楊景儒在花圃邊的椅子上坐下，雙手交握，手肘放在膝蓋上並垂著頭，顯得非常沮喪，而莊騏安站在一旁，有點不知所措。

「這什麼爛發展，怎麼會殺出個程咬金！」楊景儒的嗓音悶悶的，略帶哽咽。

「所以我之前不是說了，早一點告白嗎？」莊騏安小聲說。

「我原本想等高二再告白的，感情總是需要時間培養啊……我哪知道……」然後，楊景儒哭了。他低下頭，肩膀顫抖著。

我都不知道他這麼喜歡李齊珊，在原本的時間線，我甚至沒發現這件事。

咬著下唇，我緩緩後退，現在要他一起去吃東西，好像太過殘忍了。

回到大家那邊，我並未提起楊景儒，而其他人也很有默契地沒問楊景儒和莊騏安去了哪裡，或許是一種沒說出口的溫柔。

大概是楊景儒的遭遇讓我有點內疚，又有些感慨，所以搭捷運時，我趁著和程嘉妏站得近，低聲喊了她。

「對了，嘉妏。」我將屬於邱老師的手帕拿出來，她見狀一愣，「這個，我想給妳會比我自己留著好。」

「為什……」她僵硬地露出笑容，想敷衍過去，和我對上目光後卻把話吞回了肚子裡。我拉起她的手，把手帕放在她的掌心。

「我會保守祕密的。」

曾經我相信，只要是認為不對的事情就該說出來。但如今，我居然說出了「保守祕密」這句話，即便是學生喜歡著老師這種不被允許的事，我仍因為身為程嘉妏的朋友而改變了想法。

程嘉妏捏緊了手帕，強忍著淚水，低聲對我說：「謝謝。」

第六章

「妳可以當我的女朋友嗎？」

時間是二〇一九年十二月二十三日，星期一。地點在空中花園，人物是周帷念，還有我。

「你、你……說、說什麼？」我咬了一小塊麵包，還來不及咀嚼，周帷念便冷不防拋下這顆震撼彈。我不敢相信自己剛才聽見了什麼，瞬間定格了。

「我說……」他一口氣吸光手裡的蘋果汁，像投籃一樣準確地把捏扁的鋁箔包投入不遠處的垃圾桶，「當我的女朋友吧。」

我用力把麵包吞下，差點噎著，趕緊喝了一口他買給我的蘋果汁，結果嗆到，不小心噴了一點果汁出來，「你要我，當你的，女朋友？」

周帷念噗嗤一笑，拿出面紙幫我擦嘴。我的天，這舉動也太令人起雞皮疙瘩。可是我並不討厭他這麼做。

「妳那麼緊張做什麼？假的啦。」

「嗄？」假的？是在開我玩笑？

我的表情轉爲不悅，而周帷念開心地笑了，「明天是聖誕夜，我們家要烤全雞和牛排，我媽說我可以找朋友來。妳也知道李齊珊和許又日要一起去過節，莊騏安和林映辰約好了，其他人也都沒空。」他含糊地說，「我媽說，如果我有女朋友，也可以帶她回家。」

「可是、可是你又沒有女朋友。」

「所以我說，妳可不可以假裝是我的女朋友？」他聳肩，「我媽一直都很擔心我，其實我高中原本要去念我爸以前讀的學校，但這所學校離我媽的家比較近，所以才選了這裡。她似乎一直爲此過意不去，我認爲要是她知道我在這間高中交了女朋友，或許能釋懷一些。」

這個理由多麼冠冕堂皇，又多麼的心機十足啊。明明跟我告白過了，卻要我假扮女友，這是哪招？

但是，我不也很奸詐地始終沒有回應嗎？

他沒跟我要答案，於是我們就繼續維持目前的關係，我覺得這樣很好。

我喜歡他嗎？

注視著他的側臉，無論是他的雙眼、眨動的睫毛、呼吸的聲音，或是太陽穴旁的那顆小痣，我都不討厭。

「好嗎？」他忽然側頭，對上了我的目光。

「……可是，我不知道假女友該做些什麼。」我握緊麵包，裡頭的炒麵都被我捏出來了。

「麵包要死掉了。」他說了個奇怪的形容，接著居然拿起我的炒麵麵包，吃了一口。吃、了、一、口。

「你……」

「我肚子有點餓。」說完，他直接大口把剩下的麵包吃完，「妳什麼也不用做，做自己就好，當作是實習？」

「實習？」我一怔。

周帷念輕笑，大手放到我的後腦勺，輕輕撫摸，「總之，明天放學一起來我家好嗎？」

「太突然了，我可能要先問過我爸媽……」

「好吧，希望有好消息。」

話題結束，我們在空中花園靜靜喝完了飲料，直到鐘響才回教室。

放學後，我們幾個動作比較慢的女生一邊收拾著，一邊順便聊天。

「其實你們只差沒說要交往，實際上已經在交往了啊！」李齊珊談了戀愛後馬上變成戀愛大師，總是這麼說我和周帷念的關係。

「別揠苗助長，讓他們自由發展也挺好的。」趙匀寓幫聖誕紅澆了點水，一臉感慨，「這紅呀，就宛如戀愛一般，如火在燒，是喜是痛，只有當事人才懂。」

「又發作了喔。」程嘉妏翻了個白眼。

「請稱呼我爲戀愛守護神。」趙匀寓抱起聖誕紅，怪腔怪調地說。

「眞的發作了。」李齊珊聳聳肩，然後把話題轉到林映辰身上，「妳現在喜歡莊騏安嗎？」

「問這做什麼啦，我都要回家了。」林映辰原本似乎想偷偷摸摸離開，卻逃不過被點名。

「妳之前不是喜歡周帷念？現在和莊騏安啦？」趙匀寓問得直接，但並不令人討厭，大概是因爲大家都了解她的個性，所以能平常心面對。

「哼，帷念都那麼認眞表明喜歡念心了，我可不是那種白目的女生。況且……」她嘟起嘴，微微紅了臉，「我發現莊騏安好像眞的滿喜歡我，甚至把我奉爲女神，我也沒跟他交往，只是給他機會追求我。」

「哇，妳還眞壞心。」程嘉妏揶揄，不過我們都明白林映辰只是嘴硬。給對方追求自己的機會，就是在給他靠近的機會了。

在這條時間線，我發現了許多自己原本沒注意到的事，不少人的內心都藏著對另一個人的特殊情感，除了楊景儒，我也沒察覺原來莊騏安喜歡林映辰。

「映辰，我們走吧！」莊騏安從教室前門探出頭，我們幾個立刻起鬨。

「吼！走了啦！」林映辰紅著臉，快步從後門跑出去。

「你剛剛去哪了？」李齊珊問莊騏安。

「邱老師叫我去拿東西。喔，對了，湯念心。」莊騏安忽然喊我，「謝謝妳和周帷念交往。」

「啊？我又沒有……」

「要不是周帷念喜歡妳，我想我大概也沒機會追到林映辰。」莊騏安露出害羞的微笑，揮揮手後離開。

「所以是追到了，還是沒有？」程嘉妏皺眉，趙匀寓則又自顧自地喊著「愛情啊」這種意味不明的話。

回家後，我支支吾吾地告訴爸媽，明晚要去同學家吃飯。遲鈍的爸爸只吵著說他已經買好了羊排，這種日子就該全家人聚在一起，使我產生了罪惡感。

「那我去回絕朋友。」於是我這麼表示，爸爸開心得舉起雙手高喊萬歲。

不過就在我返回房間，準備傳訊息給周帷念時，媽媽敲了門，「我方便進去吧？」

「當然。」我把手機放下來，拉開書桌旁的椅子，而媽媽坐到了床邊。

「妳明天要去朋友家吃飯呀。」

「我正準備回絕對方了。」我聳肩。

「嗯……妳第一次在特別的節日說要外出呢。」媽媽果然比較敏銳，我笑了笑，媽媽又接著問：「男生，對吧？」

「是、是男生沒錯。」我結巴，「但我們是朋友。」

「媽媽什麼都沒說唷。」媽媽笑了起來，忽然嘆氣，「女兒長大了啊。」

「哪有，我還沒成年呢，連手機門號都沒辦法自己申請。」我有些慌張，說了莫名其妙的話。

「那妳喜歡他嗎？」媽媽歪著頭，看著我淺笑，而我沒有回答。

「那，妳想去嗎？」

我咬著下唇，輕輕地點了頭。

「這樣呀，我知道了。」媽媽也點頭，欣慰地起身，「妳明天就去吧，我會跟妳爸爸說的。」

「咦？」我一愣，「這樣、這樣好嗎……」

「當然啦，沒事的，他也該接受女兒長大啦。」媽媽摸摸我的頭，「我看這樣吧，跨年的家族旅遊我們也先延後吧。」

「不用、不用延後啦，媽媽。」我臉頰一熱。周帷念甚至沒有問我跨年的計畫，要是我空了下來，不就像是特意在等他約嗎？

「就這麼決定了，有機會再帶回家給我們看。」媽媽說完就離開房間，我坐在書桌前默默臉紅了老半天，才拿起手機，思考著要傳的訊息內容，結果最後只打了「明天晚上可以」這行字。

周帷念就誇張多了，他連續回了十個不同的開心貼圖，我隔著螢幕都能感受到他的雀躍，或許他也像那些貼圖一樣，正在手舞足蹈。

二〇一九年十二月二十四日，星期二。

天氣還不錯，就是冷了些，我圍上了白色圍巾，出門前還難得吹了一下頭髮，整理髮型，讓劉海帶點空氣感，接著塗了唇蜜，考慮再三後，又稍微上了點腮紅。

我反覆打量鏡中的自己，領結完美、毛衣完美，外套和圍巾也沒問題，裙子燙得整齊，一切都十分妥當。我捏了捏掛在書包上的兔子吊飾，深吸一口氣，準備出門。

「早安。」媽媽神情曖昧，「今天打扮比較久喔。」

「我、我先出門了。」我紅著臉，趕緊逃開。

「不吃早餐嗎？」爸爸看起來略顯沮喪。

「我今天……早點出門。」我在玄關穿好皮鞋，「聖誕快樂。」

「拜拜嘍。」媽媽和爸爸靠在一起，目送我離開。

即便外頭寒冷，我的心卻熱熱的，覺得整個世界閃閃發亮，一切看起來都這麼美麗。

「湯念心。」

不知道是刻意還是碰巧，我在巷子口遇見了周帷念。他圍著紅色圍巾，雙手插在口袋裡，在我走到他面前時，他從口袋拿出了暖暖包遞給我。

「聖誕快樂。」我只說得出這句話。

他歪頭一笑，在我接過暖暖包的時候，一把抽開了暖暖包，溫熱的大手包住我的手。

「等……」我驚呼。

「今天是女朋友，不是嗎？」

「那、那是放學以後，只是假裝一下讓你媽放心……」

「我是說今天假裝成我的女友，包含在學校。」

什麼？

「這樣子，我明天怎麼解釋……」

「明天再考慮就好啦！」他賊笑，我好像被騙了。

「你好奸詐。」我咕噥。

「妳也很奸詐啊。」

「我哪裡奸詐了？」

他搖了搖我被他握緊的手，「這個，妳沒甩開我。」

聽他這麼說，我連忙要甩開，可是他立刻握得更緊，「已經來不及了。」

就這樣，我任由他拉著我的手來到學校。

當我們牽著手走進教室時，所有人都鼓譟起來，還拚命鼓掌，「聖誕情侶誕生！」

「不是！不是！只有今天！」我慌忙反駁。

「真傷心啊。」周帷念笑著，臉上卻毫無一絲傷心的表情。

「好看！太好看了！」趙勻寓一手摀嘴，一副快哭了的樣子。

「真好……大家都很幸福。」被低氣壓籠罩的楊景儒縮在角落。

「你也會幸福的啊！」莊騏安用力撞了一下楊景儒當作打氣。

「知道啦！」楊景儒推開他。

我很想找個地洞鑽進去，又明白這個結果是必然的。

我，喜歡著周帷念。

看著他絲毫不在意被全班同學調侃的模樣，如此直接的追求令我根本無法招架。

即使已經習慣了他的陪伴，或許……我仍該告訴他我的心意。

不過，還是等晚一點再說好了。

中午，我和大家聚在一起吃午餐，討論著今晚要怎麼過。

「聖誕夜居然不是在週末，真是太掃興了。」林映辰抱怨。

「喔？週末的話要怎樣？妳要跟莊騏安過夜？」趙勻寓一秒帶歪話題。

「不是啦！」林映辰紅著臉，「我只是想去山上的景觀餐廳看夜景。」

「很浪漫唷。」程嘉妏揶揄。

「那就是我的夢想呀，和男朋友一起去景觀餐廳看夜景，不覺得很棒嗎！」林映辰哼了聲。

「喔？承認是男朋友嘍？」李齊珊抓到了重點。

「就、就那樣啊。」林映辰再次哼了聲，「不過……你們不會覺得，我這樣很不好嗎？」

「怎樣不好？」我皺眉，不理解她的意思。

林映辰沒好氣地瞧著我，「就是我明明喜歡周帷念，卻在確定自己和他不可能後，馬上變心，和追求我的人在一起。這是不是太善變了？」

「這沒什麼不好啊，難道還要苦苦守候？演戲給誰看？」趙勻寓的看法很實際，只是講得有點直白。

「就是好像我之前喜歡周帷念的心情只是一場笑話，可以說變就變……我很難形容那種感覺。」林映辰沮喪地說。

「別這樣想，否則對莊騏安來說太不公平了。」程嘉妏語氣認真，「他可是一直以來都非常喜歡妳。」

「……我知道，所以我現在不也全心向著他了嗎？」林映辰說完，揚起了一抹甜蜜的微笑。

「那妳呢？今天和許又日打算怎麼過？」趙匀寓把話題轉到李齊珊身上。

「我們很簡單呀，就吃個飯。」李齊珊隨意地答。

「認眞回答啦。」趙匀寓不滿意這個答案。

「我們眞的就很簡單。」李齊珊頓了頓，「不過吃完飯後，會去看某個地下樂團的現場演出。」

「聖誕節去看樂團表演呀？」林映辰笑了下，似乎認為不夠浪漫。

「那個樂團我非常喜歡，從國中開始就是粉絲了。我以前還幻想過要是喜歡的人可以在看表演的時候，請主唱幫忙向我告白的話，那該有多好。」李齊珊說出了這個十分有少女心的期望。

「來不及了，至少許又日在校門口告白也是一絕。」趙匀寓回味著當時的經典場景。

在林映辰抱怨邱老師的考題出得太刁鑽，卻被程嘉妏反駁是她自己不夠努力的時候，我的手機傳來震動，是爸爸的訊息。

難道爸爸還想再確認我是眞的不回家吃晚餐嗎？我嘴角勾起一笑，點開了訊息。

「乖女兒，雖然妳晚上不回來吃飯，但還是可以一起吃蛋糕吧？哪個好呢？」

訊息下方是兩張蛋糕的照片，我忽然愣住。

天啊！我到底在做什麼！

「怎麼了？」李齊珊看著忽然站起來收拾東西的我。

「我、我有急事，我要先走！」我顫抖不已，不敢相信自己居然忘記了這麼重要的事。

「怎麼了？妳要先回教室嗎？」見我如此急迫，趙勻寓也跟著緊張。

「不是，我要回家。」我的嗓音略微發顫，但我很快穩住，「再幫我跟老師說一下，我會補請假。」

說完，我沒有理會她們的疑惑和擔心，東西拿了便衝回教室，在走廊和莊騏安他們擦身而過時，他們向我打招呼，可是我沒心思回應，一進教室抓起書包就要跑。

「妳怎麼了？」正要進來的周帷念發現我手拿書包，頓時一怔，「妳要回家了？」

「我有急事！」我對他說，強烈的罪惡感襲來。

我居然因爲自己的校園生活過得快樂、因爲自己的戀情發展順利、因爲一切都如夢似幻，幸福無比，而忘了這麼重要的事。

在原本的時間線，爸爸會爲了去買聖誕蛋糕，而從火車站月臺的樓梯跌下去，腳因此骨折。

之前我不是一直想著要阻止這件事發生嗎？

可是卻被周帷念的邀約沖昏了頭。

同時我也注意到，即便今天的我和之前不同，沒有在家中度過聖誕夜，爸爸一樣會選擇去買蛋糕。所以，是否有些事情是不可能被改變的？

不，我一定來得及，在原本的時間線，我也是這時候收到訊息，選了有聖誕裝飾的那個蛋糕，一個小時後，就接到爸爸摔下樓梯的消息。

現在還來得及趕去那個火車站！

我推開周帷念，匆匆往樓梯的方向跑，現在沒有時間向他解釋，就連搭計程車前往那裡都非常緊迫。

「湯念心！」周帷念在後頭大喊。

一路往一樓奔去，我同時撥打爸爸的手機，但他沒接。

我邊跑邊傳訊息，要爸爸別去買蛋糕，可是沒被讀取。

我心急如焚，不顧警衛的阻止衝出校門，隨手攔了計程車。

「等一下啦！你們這些學生怎麼回事！」我聽到警衛氣急敗壞地嚷嚷，而我正要關起的車門被人用力拉開。

「周帷念？」喘著氣的周帷念也背著書包，我頓時詫異。

「進去一點。」他把我往內擠，跟著上了計程車，並在警衛追來前關上車門，催促司機開車。

「妳要去哪裡？」他大口喘氣，「發生什麼事了嗎？」

我沒料到他會追上來，「你這樣上課怎麼辦？」

「我看妳這個樣子也沒辦法上課。所以是怎麼回事？」

「我爸爸……」我猶豫著該說什麼樣的謊言才能令人信服，腦子裡卻一片空白，「我爸爸有可能會摔下樓梯，所以我必須去阻止這件事發生。」

結果我說了實話。

「有可能？」周帷念困惑地複述。

「就是一種直覺，總之我要去阻止他摔下來。」說完，我向司機先生報出記憶中爸爸出事的那個車站。

「好，我明白了。」周帷念沒再多問，陪著我抵達人來人往的火車站。

印象中，爸爸是在第三月臺的樓梯跌落，漂亮的蛋糕就摔在他旁邊。所以我趕緊要往第三月臺跑去，而周帷念即便搞不清楚狀況，也跟著我跑。

可是不巧適逢列車進站，大量乘客朝樓梯蜂擁而上，阻擋了我的視線。

「周帷念！幫我找我爸爸，他今天穿著白色毛衣和牛仔褲，外搭羽絨外套，手上會拿著蛋糕——」我大喊，高大的周帷念在人群中十分顯眼。我回想著爸爸今天的穿著，差不多就是這時，爸爸就是在這時候——

「我找到——」周帷念指著前方樓梯上的某個人，我順著望去，見著了熟悉的背影。

此時，有個年輕人因爲看手機而差點來不及下車，他匆匆忙忙地從火車上跑下來，一路狂奔，結果沒注意到爸爸，就這樣撞了爸爸一下。

「不！」我驚慌不已，以爲爸爸就要跌倒了，可是下一秒爸爸穩住身體，手也抓住一旁的扶手。

他似乎碎念了下對方，這才繼續往樓梯下走，但就在這一刻，他的腳底一滑，整個人往前傾——

「哇啊啊！」爸爸驚叫，我和他的距離太遠，根本趕不及拉住他。

怎麼會這樣，我終究阻止不了嗎？

都是我的錯，都是我沉浸在自己的幸福之中，居然沒想起今天就是爸爸受傷的日子……

「小心！」說時遲那時快，一個高大的身影迅速衝下樓梯，撞開了幾個人。他的大手握住爸爸的肩膀，隨即在空中華麗地轉了一圈，彷彿要當爸爸的肉墊一般，正面面對著爸爸，另一手則抓住了扶手，長腿張開穩住下盤。

就這樣，周帷念即時救了爸爸。

我倒抽一口氣，這一切發生在須臾之間，往來行人甚至沒發現原本有人差點摔下去。

「哇……年輕人，謝謝你啊……」爸爸驚魂未定，嗓音都有些抖。

「爸！」我好不容易才穿越人群，衝過去抱住爸爸，爸爸這才發現我也在。他又看了周帷念一眼，注意到我們穿著同樣的制服。

「怎麼回事？妳怎麼會在這裡？這是……」爸爸當然搞不清楚狀況，而他手裡的蛋糕已經被擠壓得變形了。

「你沒事就好，我要嚇死了！」我哭了起來，緊緊抱著他。

「原來念心晚上就是要去你家啊……」

等情緒冷靜了一點後，我們三人坐在車站內的椅子上，爸爸剛打了電話給邱老師幫我們兩個請半天假，用的理由是「女兒心電感應察覺我要發生危險，所以趕來救我」。

這理由實在太中二，要是由學生來說肯定會被罵得臭頭，但眼下這番荒唐的話卻是由家長一本正經地說出來，邱老師顯然一時不知該怎麼反應，只好准了假。

「我叫周帷念，謝謝叔叔願意讓念心在特別的節日過來。」周帷念在爸爸面前站得筆直，坐都不敢坐。

「不用這麼客氣，這邊坐啊，剛剛多虧你救了我一命呢。」爸爸看起來也有點彆扭，我這才意識到，居然莫名其妙就讓我喜歡的人和爸爸見面了。

場面陷入了短暫的沉默，不久，我咳了一聲，「爸，那我們回去上課了，你回家也要小心一點。」說完，我起身就要推著周帷念離開。

「等一下。」爸爸跟著站起來，瞧了眼手中的蛋糕，「這蛋糕雖然摔到了，不過妳就帶去學校和同學們一起吃吧？」

「這樣好嗎？」我有點詫異地接過。

「就當作是爸爸的禮物，我的女兒眞的長大了。」爸爸說完，摸了摸我的頭，又忽然嚴肅地盯著周帷念，「不能讓她哭，知道嗎？」

「爸……」我喊了一聲，周帷念卻立正站好。

「是！」他大聲回答。

「很好！」爸爸用力點頭，而後直接轉身上了火車，火車的門隨即關起。

這個退場方式看似帥氣，所以我想，我還是別告訴周帷念，爸爸搭錯方向了……

我和周帷念一起搭上捷運，帶著略略變形的蛋糕返回學校，一路上周帷念幾乎沒說話，像在思考些什麼，而我不斷感謝著他願意聽信我的奇怪發言，就這樣陪我趕到火車站。

「如果我也有和妳一樣的直覺就好了。」良久，他低語，「要是在我爸身體出狀況的時候，我也能發現不對勁就好了。」

「別這麼說，要不要生病不是我們能夠控制的。」我握住他的手。

他看著我，「從我爸爸離開到現在，我都沒掉過眼淚。」

我愣然，一時間說不出話。

「妳爸爸安然無恙，眞是太好了。」他扯出一抹微笑，「該下車了。」

望著周帷念的背影，這個瞬間，我覺得自己離他好遠。

我想，那是一塊我可能暫時無法碰觸的地方，也許是因爲這些日子以來，周帷念都表現得很開朗，所以我忘了前段時間，他還曾暗自憂傷地抽著菸，思念著他爸爸。

回到學校，大家都爲我們的消失而起鬨，只有李齊珊事後私下和我說：「妳突然慌張地跑掉，讓我想到周帷念失去爸爸的那一天。」

我猜，周帷念也想起來了吧。

或許我該等他主動向我提起，而不是執意追問他這件傷心的往事，更甚至逼迫他回憶。

我想我唯一能做的，就是讓周帷念開開心心的，於是我拿出變形的蛋糕，和同學們一同分享。

時間很快來到放學，大家各自離開，周帷念也牽著我的手，抵達他位在市中心的家。路途中，我都沒有開口提及稍早他短暫的心傷。

「哥哥回來了！」出乎意料的是，來應門的是個可愛的小女孩，大概是小學生的年紀，「媽媽，哥哥回來了！」接著，小女孩往屋內跑去。

我睜大眼睛望著那女孩，又看了周帷念。

「喔，忘記跟妳說，我媽再婚了，那是繼父的女兒。」周帷念簡短表示。

我想他並不是忘記，而是故意沒提起。爲什麼？

「歡迎妳過來，妳是帷念的女朋友對吧？」一名看似年輕的和藹女人走出來，她和周帷念長得十分神似。

「阿姨好，謝謝您今天邀請我來。」我連忙鞠躬，並拿出剛才買的茶葉，「這是一點小禮物。」

「妳太客氣了，妳是聽帷念說我喜歡喝茶對吧？眞是體貼懂事。」周媽媽接過茶葉，還打了周帷念一下，「眼光很好喔。」

周帷念扯了扯嘴角，似乎不太好意思。

「他爸爸等等就回來了，我還在準備餐點，不然妳先去帷念的房間吧。」

「啊，需不需要我幫忙？」我捲起袖子，但周媽媽笑著制止，說客人就該好好待著，於是周帷念便帶我去他的房間。

經過廚房的時候，我見到周帷念的妹妹正在幫他媽媽挑菜莖，氣氛和樂融融。

「我的房間在這邊。」周帷念打開走廊角落的一扇房門，我的心跳不禁加速。

原本以爲他的房間會是單一色系，結果意外的繽紛，牆壁是淺藍色，地板上鋪了彩色地毯，還擺著巨大的懶骨頭。

「哇，好棒呀！」我撲上懶骨頭，那觸感非常好，頓時令我完全不想起來。

「妳都要和懶骨頭融爲一體了。」他調侃了一句，把書包放到書桌邊，我這才注意到旁邊還有張電腦桌，以及電視。

「你的房間很大呢。」面積至少比我的房間多了三分之一。

周帷念只是聳聳肩，既沒打開電視，也沒開啟電腦，就只是靜靜地坐在他的椅子上。總覺得他有點怪怪的，雖然說不上來是哪裡怪。

「你怎麼了嗎？」我試圖在懶骨頭上坐正身子，卻沒有辦法。

「妳這樣好好笑。」他起身過來要把我拉起，但不知是有意還是無意，他反被我拉得腳步一個踉蹌，就這樣和我一起摔在懶骨頭上。

他的身體壓在我上頭，氣息與體溫都好近，近得我的雙眼只容得下他的雙眼。

「我……」我抓住他的手臂想推開，無奈在毫無支撐的情況下，我們兩個貼得更近了，這下子，他宛如擁抱著我一樣。

「一下下就好。」周帷念驀地放鬆身子，眞正地壓在我身上，我害羞得又想推他，可是很快就發現，他似乎眞的需要一個擁抱。

即使我不明白原因。

「哥哥——」敲門聲傳來，我們嚇得從軟骨頭上彈起——嗯，明明剛才怎樣也分不開。「可以吃飯嘍。」

「好，我們馬上出去。」周帷念紅了臉，他看了我一眼，然後笑了，我也笑了。

整理好儀容，一走出去就聞到比剛才還要明顯的食物香氣，我們踏進廚房，一個穿著居家服的男人已經坐在餐桌旁，他一見到我便站起身，「妳就是帷念的女朋友吧？我是帷念的……」他好像在猶豫該怎麼介紹自己。

「叔叔好。」我立刻向他打招呼。

他微微一笑，眼鏡後方的目光十分慈祥。

這一餐雖吃得緊張，不過也相當愉快，周帷念的媽媽很擅長聊天，而他的繼父也不時會說出有趣的話，讓餐桌上笑聲不斷，他的妹妹更是乖巧可愛，口齒清晰討喜。

然而不確定是否我的錯覺，周帷念顯得有些心不在焉。他看起來是真的很開心，和家人之間卻又有點……若即若離。

用餐結束，我想幫忙洗碗和整理，又被他媽媽制止了。

「妳跟帷念去客廳看電視吧，爸爸，你來幫我洗碗。妹妹，妳幫爸爸端碗過去洗碗槽，我來切水果。」周媽媽迅速分配完工作，周帷念就像個大少爺一樣，什麼事都不必做。

於是，我和周帷念待在客廳看電視，雖然我總覺得不太踏實，沒做點什麼實在良心不安。吃完水果，我們在客廳又稍微聊了下天，意外的是，他媽媽和繼父並不八卦，沒有詢問我們交往的細節，倒是妹妹顯然很想問，卻說不出口。總之，礙於隔天還需要上課，大約八點多的時候，周帷念便說了要送我回家。

離開他們家，我終於能伸個懶腰，放鬆地吐出一口氣。

「噗。」

他又在偷笑了，我轉過頭，「我又做了什麼好笑的事嗎？」

「沒有，只是看妳好像鬆了一口氣的樣子，就感覺特別有趣。」

其實不只我，連周帷念看起來都輕鬆不少。並肩走在前往捷運站的路上，我忍不住問他：「你怎麼了嗎？」

「爲什麼這麼問？」

「總覺得你好像怪怪的。」

「妳覺得我家怎麼樣？」

「妹妹很可愛，媽媽很親切，繼父也是個好人。」我發自內心地說。

「還有呢？」

「還有……嗯，他們對我太客氣了，我被招待得有點不自在。」我乾笑一聲，接著忽然透過周帷念的神情讀懂了他想表達的意思。

隔閡。

「好像我也是客人一樣。」周帷念輕聲說。

父母離婚後，他跟著爸爸生活，但爸爸不幸早早離開了人世，於是他來到媽媽另外組成的新家庭，卻被小心翼翼對待著，有如格格不入的客人。

我有些心疼，我想無論是我或是周帷念自己都明白，他媽媽的新家庭是眞心歡迎他的加入，只是或許正因如此，才有點弄巧成拙，反而令周帷念產生了自己是外人的錯覺。

「那句說對不起不如說謝謝，就是我繼父告訴我的。我明白他們是發自內心歡迎我。」見到我的表情，周帷念扯了下嘴角，「我只是還在適應。」

也許短期內他仍是無法坦然面對這一切，不過我相信事情會往好的方向發展的。

「要是沒有遇到妳，我不知道自己會變成怎麼樣。」他低低地說，然後停下腳步，牽起我的手放在唇邊，吻了手背，「不要當我的假女友，當我的眞女友吧。」

我倒抽一口氣，在這個寒冷的夜晚，他卻紅了臉，吐出的白霧迷濛了他的臉龐。

「眞的只要我就好了？」

「不是說了，別說我喜歡的人壞話。」他又親吻我的指尖。到底是從哪裡學來這種招數的？「答應我吧。」

「我大概從來就沒有拒絕的理由。」我喃喃說。

我做夢也想不到，從懼怕到喜歡的距離，原來可以這麼短。

周帷念顯然不意外我會答應，他的臉上綻放笑容，把我擁入懷中。

春風般的暖意貼上我的唇，他靈活的舌頭撬開了我的齒間，滑入我的嘴裡。我幾乎要呼吸困難，推了推他，但周帷念不肯放手，只是將我吻得更深。

我放棄掙扎，覺得自己好像會永遠被他吃定。

好一會，他才心滿意足地笑著結束了這個熱烈的初吻，然後再次抱了我一下。

「明天是交往的第一天，我們一起去上學，妳在巷口等我。」

「好。」我在他的懷中點頭，「那第一次約會要去哪呢？」

「動物園。」

我笑了，這好像小孩子會選擇的地方，「爲什麼？」

「因爲以前我爸一直說改天要再去動物園，卻永遠都去不了了。」

我再次感到心疼，緊緊攬住他，「哪裡我都會陪你去。」

後來，他百般不捨地目送我上了捷運，直到車廂門關上，他都沒有移動腳步。

透過車窗玻璃，我瞧見自己嘴角的笑容。

神呀，謝謝祢讓一切都變好了。

我由衷地感謝。

第七章

一早起床，天氣沒那麼冷了，我甚至流了點汗。

我從床上爬起，房門同時被敲響，我尚未回應，門便被打開了。

「妳醒了？」媽媽難得會在早上來我的房間，難道是因爲昨晚我讓他們知道自己交了男朋友，所以她要來提醒我必須懂得保護自己之類的嗎？

這樣實在有點尷尬。

「早安，媽媽。」我侷促地笑著，而媽媽靠過來，將手掌貼到我的額頭上。

「看來沒有發燒。有哪裡不舒服嗎？」

媽媽是誤會了吧，昨晚我回家時滿臉通紅，並不是因爲著涼的關係。

對了，周帷念還提到想和我一起跨年，媽媽是正確的，好在她取消了家庭旅遊。

「沒有啦，我好得很。」我趕緊要拿起制服換穿，卻發現冬季制服被收進了櫃子裡。我看了眼媽媽，「我要換衣服了。」

「好，不舒服要跟我說喔。」見我沒事，媽媽鬆了口氣離開。

她還眞是反常。

整理好儀容，我擔心周帷念等太久，於是沒吃爸爸的愛心早餐便要匆匆出門。

「妳覺得很冷嗎？」爸爸的問題好奇怪。

「怎麼穿長袖？」媽媽也問，他們似乎很擔心我的身體。

「因爲換季了啊。」我疑惑地答。

在我出門之前，爸媽又再次和我確認需不需要請假，於是我更加不解了。

一踏出家門，我便感覺到今天的氣溫比昨天高上不少，昨天明明只有十二度。

來到巷口時，沒有見到周帷念在那裡，我腳步一頓。是我太早到了嗎？

手機……奇怪，我忘記帶手機了嗎？

現在再回去拿也很怪，大概是我太早到了，周帷念過來還需要一些時間吧。

於是我在巷口來回踱步，期間媽媽開著車經過，我趕緊躲到一旁以免被她發現。

又等了好久，我看了手錶，已經七點二十分了。

要是再不出發，我就會遲到了。怎麼回事，周帷念發生什麼事了嗎？爲什麼沒有來？他不舒服嗎？

或許他有打電話給我，但我沒帶手機，所以沒辦法即時和他聯繫上。

眞是笨啊我，交往第一天就犯傻……

事到如今，也只能先去學校了。

於是我邁開腳步，往學校的方向全力衝刺，我眞的快要遲到了，整條路上都沒有我們學校的學生。

我在七點二十九分踏入校門，喘著氣又趕緊往樓梯間跑，警衛一臉狐疑地問我：「怎麼穿這樣？」

我疑惑地打量了下自己的儀容，我有哪裡違規嗎？

我怕來不及趕上早自習，連忙先往班上跑去，抵達教室時，早自習的鐘聲恰好響起。我踏入教室，習慣性地對同學們說：「早安！」

全班同學倏地看來，露出了怪異的表情，然後又轉回頭做自己的事，只有幾個人對我稍稍點頭。

奇怪了，怎麼回事？

我看了看周帷念的座位，他的書包已經放在那裡了，所以他來學校了？那怎麼會……還是他也快遲到了，所以才先過來，或者發生了什麼狀況？

「周帷念剛到嗎？」我問了旁邊正在聊天的楊景儒和莊騏安。

他們對視一眼，古怪地盯著我許久。

「怎麼了？」我下意識摸了摸自己的臉。

「……他很早就到了。」楊景儒回答完便繼續和莊騏安講話，我則坐到自己的位子上，思考著是怎麼回事。

我原想告訴李齊珊她們，我和周帷念正式交往了，但早自習已經開始，邱老師進了教室，周帷念也跟在老師身後進來。

一看到他，我露出微笑，但周帷念卻皺了眉頭，好像我做了什麼詭異的表情。他來到我旁邊的位子坐下，並沒有跟我打招呼。

「好了，各位，關於昨天的事……」邱老師一臉嚴肅，我頓時驚覺哪裡不太對勁。

「老師，我認爲偷東西的人絕對不是班上的同學。」李齊珊舉手，邊說邊偷瞄了我一眼。

「我也認爲不是。」楊景儒附和，我這才發現，楊景儒怎麼變得有點黑？不……仔細一看，每個同學的模樣都有點不同，頭髮長度還有座位也不一樣……雖然我和周帷念的座位沒變……最重要的是，大家的穿著。

「湯念心，妳怎麼穿冬季制服？」邱老師注意到我的異狀，皺眉問道。

我顫抖著，這是一場噩夢嗎？

還是其實是我終於醒過來了？

我望向黑板最右邊，那裡寫著二〇二〇年十一月五日，星期四。

「看來是無法找到兇手了，我問過其他班級，沒有目擊證人，監視器也什麼都沒拍到，但至少大家遺失的東西都找回來了。以後值日生請記得一定要鎖門窗，別讓有心人士有機可趁。」邱老師認眞地叮囑大家，「我也相信偷東西的不會是班上同學，所以這件事我們就到此爲止，可以嗎？」

所有人面面相覷，沒人回應，不少人還往我這邊瞧。

不友善、猜疑、嫌棄的眼神。

「可以嗎？」邱老師再說了一次。

「可以——」同學們零零落落地回應。

我的牙關開始打顫，從抽屜裡拿出了課本，那是二年級的課本。我瞥了眼書包，上頭也沒有周帷念送我的兔子吊飾。

這一次，我不需要看手機的日期，也能確定。

我……回來了。

「趙匀寓，這朵花有蟲耶！」

「嘉妏，妳有看昨天的超能力特輯嗎？」

「李齊珊，妳可以稍微放水嗎！」

「打球啊！楊景儒！」

課堂間的休息時間，大家聊天和笑鬧的聲音傳進耳中，我卻渾身發抖著坐在自己的位子上。

爲什麼我毫無預警地回來了？

所以眞的是這樣嗎？許願的力量是有時間限制的？就像灰姑娘一樣，讓妳做一個美夢，時間到了夢就醒了？

可是……到底為什麼？我做錯了什麼？

好不容易一切都變好了，為什麼又讓我……

等等，難道這就是原因？

爸爸沒有骨折、媽媽沒有賠錢、李齊珊和許又日交往了、林映辰和莊騏安談起了戀愛、楊景儒放下了李齊珊、趙勻寓看到了想看的青春追愛劇碼、程嘉妏喜歡邱老師的事情被我得知，而我承諾保密，還有我和周帷念在一起了。

因為一切都變好了，所以我才回到現在這個地獄？

不，這樣太殘忍了，怎麼能讓我體會過美好的人生後，又把我丟回這裡？

我眼眶含淚，覺得自己再也無法待在這讓人呼吸困難的地方，於是想起身離去，身體卻宛如被鬼壓床似的，動彈不得。

「妳不要一副可憐兮兮的樣子！」程嘉妏冷不防朝我喊，全班同學也看了過來。

我下意識抬頭，眼眶裡的淚水頓時掉了出來，這一刻，大家都見到我落淚了。有些人訝異、有些人別過臉，但更多人皺起眉頭，顯然覺得我是麻煩人物。

「是妳先含血噴人，現在又擺出這種我們欺負妳的樣子！」程嘉妏雙手環胸，盛氣凌人。

「是啊，妳總是一副被害者的姿態。」李齊珊哼了聲。

「從高一就是這樣，傷害了別人卻都不反省。」林映辰說完，瞥了下我旁邊的周帷念，然後又哼了聲。

「我、我沒有……」我的聲音如蚊鳴般微弱，我以爲自己已經改變了，沒想到當面臨同樣的困境時，我依然只能這麼反駁。

「妳就是有。」趙勻寓側過頭，模樣美豔的她臉上雖帶著笑，卻距離感十足。同學們的低語和嘲笑像浪潮一般襲來，侵蝕著我的心，令人窒息的痛苦重現，使我更加難以承受。

「呵。」那輕柔的笑聲，是我曾經無比喜歡的，但如今我轉過頭，見到的是冷著臉的周帷念。他的神情流露出不屑，我在他那雙不帶一絲喜愛之情的眼裡，看見了自己。

✦

「學妹，妳又在哭了啊。」

我瞪大眼睛，一抬頭便看見葉晨學長。

「學、學長！」我尖叫，葉晨學長被我嚇了一跳，往後跳了幾步。

「嚇死我了。」他揉著耳朵。

「學長！我找你找了好久，你怎麼不是二年級？你是哪一班的？還有你去哪了？怎麼學生名單裡都沒有你？」我劈里啪啦說了一串，並抓住他的衣袖，以防他又跑掉。

「妳在說什麼呢？」葉晨學長笑嘻嘻的，而我的大動作引來空中花園裡其他學生的注目。

「學長。」我壓低聲音，嚥了下口水，「向月亮許願的事，是眞的。」

「喔？」葉晨學長面帶笑意，一點也不顯得意外，「妳的願望實現了嗎？」

「實現了，但現在又被收回了，我該怎麼辦，學長！」說著，我忍不住大哭起來，周遭的人都投來怪異的目光，一個個收拾東西離去。

葉晨學長彎腰拍拍我的肩膀，並扶著我到旁邊的長椅上坐好，我一股腦地把所有事情告訴他。我的經歷荒唐得像小說裡的情節，要是別人跟我說這些，我是絕對不會相信的，可是葉晨學長信了，我也知道他一定會相信。

「妳想回去嗎？」

「我想回去，我好不容易讓一切都往好的方向發展，好不容易……」

「現在不好嗎？很糟嗎？糟到想死嗎？」葉晨學長的提問讓我一愣。

我原本是眞的非常痛苦，可是時間重來之後，我見到了那些人好的一面，也明白了他們爲何會對我如此不友善。

所以，我已經不會想死了，不會再希望自己能消失，我只是想回到那個美好的世界。

「妳覺得人會輕易改變嗎？」葉晨學長問我，「不是都說江山易改，本性難移嗎？」

這句話點醒了我。剛回到過去的時候，我不也思考過這一點嗎？

「所以，妳在另一條時間線遇到的他們，也是眞正的他們。」葉晨學長望向天空，明亮的陽光灑在他好看的側臉上，「他們是那種是非不分，或是那種不管對方怎麼試圖彌補，都不願意原諒對方的人嗎？」

「不是。」我不加思索地回答。

葉晨學長注視著我，眼神溫暖，「所以，妳曉得該怎麼做了嗎？」

我不該一心想要返回另一條時間線，而是該設法扭轉現狀。

因爲他們還是他們，只是已經被我傷害過。

「謝謝你，學長！」我立刻起身，擦掉了眼淚。

「學妹，我告訴妳一件事，當作是送給妳的最後的禮物。」葉晨學長又跳上了長椅，雙臂往兩旁平伸，在椅子上走著，「那一天，我看見了張老師把黑色塑膠袋拿來放在空中花園喔。」

我一愣，「學長，你的意思是……是張老師偷的？」

「我不會下定論，只是告訴妳我看到的。她把東西放在角落，過了一節課又來拿走。」葉晨學長聳肩。

這是怎麼回事？爲什麼張老師要拿大家的東西？

「學妹，妳這一次也要過得開心喔。」葉晨學長溫暖地微笑，向我揮手。

我還想多問一些，但葉晨學長對我搖搖手指，「接下來，妳要自己想辦法。」

他看起來已經不想多說，表達出了道別之意。

葉晨學長，你在哪一班呢？

你，是人類嗎？

這個瞬間，我好想問這樣的問題，同時有了一種以後可能不會再見到他的預感。

可是最終我選擇向他行禮，也揮手道別。

我一路朝教室狂奔，邊跑眼淚邊迸出眼眶。

我記得林映辰乾脆地放下了周帷念，並且充滿風度地祝福我們的戀情。

我記得趙勻寓總是宛如大姊姊般旁觀著我們每個人的戀愛，並且爲了我們各自順利開花結果而歡喜著。

我記得莊騏安感謝我和周帷念越走越近，讓他能夠眞正地靠近林映辰。

我記得目睹許又日和李齊珊正式交往後，楊景儒雖然暗自神傷，之後仍努力振作起來。

我記得程嘉妏嫉妒著所有接近邱老師的女孩，同時也因苦戀著邱老師而掉淚。我記得李齊珊說過國中同學們將周帷念託付給她，所以這條時間線的她才會格外不滿我打小報告。

同時，我思考著某個可能——會不會在這條時間線，李齊珊趁著我不在的時候，向全班解釋了周帷念抽菸的原因，所以大家才會都站在周帷念那邊？

總之，那些改變的契機我要一個個找回來，才有可能扭轉一切。

我衝進教室，由於速度過快，煞住腳步的我拍在門板上的雙手用力過猛，發出了巨大聲響，同學們紛紛投來目光。

我喘著氣，告訴自己不要害怕。

可是大家的注目讓我舉步艱難，他們的眼神令我卻步。

不要害怕！

我走上講臺，在講桌前停下來，雙手顫巍巍地放到了桌面上，然後深吸一口氣，望向臺下的大家。

不要害怕！

「如果妳又要講些屁話，那可以下來了。」李齊珊雙手環胸，毫不客氣。

不要害怕！

「對啊，已經要上課了，下來好嗎？」以前我從沒注意過，如今才發覺楊景儒總是會附和李齊珊的話，因爲他喜歡著她。

我再度告訴自己，不要害怕。

我望向周帷念，他自顧自地滑著手機，沒有瞧我一眼。

在另一條時間線會對我微笑的他，會和朋友聚在一起打鬧的他，在這裡卻總是面無表情，一個人待在座位上。

我知道他的熱情，也知道他的悲傷，知道高大的他心中藏著一個小男孩。

「一切都是我做錯了，我在這邊向大家道歉。」

這些日子以來，我從來不曾向同學們道歉，因爲我原本不認爲自己有錯。

判斷一件事情的對錯看似容易，可是當牽扯到各種情感因素時，就會變得非常複雜。以前的我不懂，現在的我懂了。

大家似乎沒料到我會道歉，有些人露出遲疑的眼神，而有些人明顯不領情。

「妳以爲道歉就能一筆勾銷嗎？」李齊珊向來重義氣，所以是不可能會輕易原諒我的，這點我很明白。

「我要怎麼做，你們才能原諒我？」我反問。

我們在面對犯錯的人時，總是能夠輕易地指責對方的道歉缺乏誠意，無論對方做什麼或不做什麼都一樣。

然而有時候，其實我們也不知道對方該做些什麼，才有辦法真正獲得原諒。

所以當我這麼一說，班上所有人面面相覷，就連李齊珊也被堵住了嘴似的，一時講不出話。

「不然妳抽一根菸？」打破沉默的卻是周帷念。

他帶著輕蔑的笑，即便坐著，雙手也插在口袋裡，眼神毫無溫度。

在我回來之後，這是他第一次跟我說話。

「我沒有菸……」

下一秒，周帷念將口袋中的菸往他的桌面上一丟，全班一陣譁然，而我也瞪大眼睛。

「妳在現在在教室裡抽，我們就原諒妳。」他這話是要我打退堂鼓，我明白。

「帷念……」李齊珊的雙唇發白，其他人也開始竊竊私語。

我覺得心好痛。

李齊珊和周帷念都說過，菸，是周帷念用來想念爸爸的方式。

國中時期，只有忌日的那一天，周帷念會帶著菸。

然而今天並不是他爸爸的忌日，他卻拿出了菸。在這條時間線的世界，周帷念對爸爸的思念沒有稍減，想必在媽媽的新家庭之中，也依舊沒有得到歸屬感。

「這好像有點過分……」我聽見有人這麼說，而此刻鐘聲響起。

我離開講臺，朝自己的座位走去，大家彷彿鬆了一口氣，同時又低聲議論我的誠意不過如此。

周帷念嘲笑似的要收起那包菸和打火機，但我按住他的手。

這一次，我陪他一起思念父親。

我將菸從盒子裡抽出來，含入口中後點火，用力吸了一口。

「妳——」驚恐的表情第一次出現在這條時間線的周帷念臉上，煙霧侵襲我的肺與鼻腔，苦澀而嗆辣，我的眼淚流了出來，隨即激烈地咳嗽。

「湯念心發瘋了喔！」

「快把菸熄掉！老師要來了！」

同學們一陣慌張，這菸味比高一那天還要濃烈，周帷念搶過我手上的菸丟到地上踩熄，再往後走廊丟去。他既傻眼又氣急敗壞，走回教室後對著我吼：「我是開玩笑的！」

我的眼淚和鼻涕不斷，菸味這麼難聞、這麼苦澀，爲什麼會有人喜歡？

邱老師踏進了教室，原本面帶笑容的他表情瞬間一變。他嗅了嗅空氣，緊皺起眉頭，「這菸味怎麼回事？」

這個時候，竟沒有一個人轉頭看我，不管背後的理由是什麼，都令我百感交集。

我滿臉淚痕，抽了幾張自己抽屜裡的衛生紙擦掉眼淚和鼻水，感覺舌尖還殘留著菸的苦澀。

「是我抽的，老師。」我舉手，大家驚訝地看了過來。

邱老師張口想說什麼，又停頓了下。他抓抓頭，嘆氣，「各位，先自習一下。湯念心，跟我來吧。」

我抬頭挺胸，準備從後門走出去，而周帷念喊住我。

「湯念心！」

終於，我在他的眼中見到了擔憂。

我環顧全班同學，無論是李齊珊、趙匀寓、林映辰、程嘉妏、楊景儒或是莊騏安，每個人的神情都帶著憂慮。

他們，都還是我記憶中的他們。

我朝他們一笑，然後昂首闊步。

「湯念心，妳爲什麼要這麼做呢？」

我和邱老師再次來到輔導室，明明這次是眞正犯錯了，我的心情卻非常平靜。

「老師，高一那時候，你知道周帷念抽菸的理由，所以才睜一隻眼閉一隻眼，對吧。」

高一時的我還問邱老師是否有告訴周帷念的父母，而當時邱老師沒有提周帷念失去了父親這件事。

「妳知道了啊？」邱老師似乎有些欣慰，「那這和妳抽菸有關係嗎？」

我握緊拳頭，關於上次和邱老師在輔導室談過的霸凌話題，如今我有了答案。

「老師，我目前正在想辦法改善自己在班上的人際關係，而你幫不上我的忙。」我定定注視著他。

在人生當中，無論遇到任何困難，眞正能幫助自己的，永遠都只有自己。旁人只能給予你額外的助力和支持，就好像溺水者如果放棄了求生，那麼救援者再怎麼努力也是徒勞無功，甚至還可能被拖累。

「妳……」邱老師張大嘴，「發生什麼事了？」

「老師你明白的，就是同儕間的問題，我會自己想辦法解決。如果老師要懲罰我抽菸，那我願意承受，可是請你不要怪罪其他同學。我和老師不一樣，沒辦法用拳頭說話，不過我也有自己的方法。」我扯出一個笑，邱老師頓時大驚失色。

「妳怎麼……」他站起身，微微流露出類似恐懼的情緒，我不禁覺得有趣。

「老師，謝謝你爲我做的一切。」我朝他行禮，然後起身離開。

當我打開輔導室的門時，瞧見外頭明亮的天空。爲什麼我會覺得此刻的天空這麼美麗？

「湯念心！」令我訝異的是，周帷念居然跟了過來，那有些焦慮的表情使我彷彿見到了熟悉的他。

「你怎麼來了？不是要你們自習嗎？」邱老師皺眉。

「老師，是我……」

邱老師抬起手，制止了他的發言，「好了，我都了解了，這次的事就當沒發生過，但這已經是班上第二次有人抽菸，我不能允許有第三次，懂了嗎？」

聞言，我和周帷念對視一眼，接著向邱老師鞠躬，「謝謝老師！」

「快點回去吧，告訴大家我等等會臨時抽考。」他搖頭，看起來十分困擾。

「邱老師，怎麼了嗎？」一個女人的提問伴隨著高跟鞋的聲音傳來，我抬眼，是張老師。

「沒什麼，我們班上有點事。」邱老師對我們擺手，要我們兩個趕緊回教室。

「哎呀，最近眞是多事之秋呢。小偷找到了嗎？」張老師瞇眼微笑，凝視著邱老師。

她是別班的導師，我們班沒有她的課，所以基本上和她不熟悉，但我想起了葉晨學長所說的話，於是在轉身前仔細端詳了張老師。她大約二十幾歲，穿著高跟鞋還是比邱老師矮半個頭，打扮有氣質又不失性感。和邱老師說話時，她的語氣似乎有些撒嬌，我不確定那是她本來的說話方式，還是有其他原因……

「妳爲什麼要這麼做？」周帷念的疑問拉回我的注意力，「妳聽不出來我是開玩笑嗎？」

「你是嗎？」

「……我那樣說是為了羞辱妳！」周帷念很不高興，「妳卻眞的照辦了，搞得好像我做了什麼壞事一樣！」

「我對你才做了壞事。」我停下腳步，周帷念也停下來，「對不起，高一的時候，我在不曉得你為什麼抽菸的情況下，就先跟老師告狀。」

周帷念先是震驚，隨即轉為憤怒，「妳現在是在同情我？」

「我沒有！」我沒料到他會是這種反應，「我只是希望，如果可以重新選擇一次，我能夠改變！」

周帷念盯著我的眼睛許久，最後轉身離去。

我做對了嗎？還是做錯了？

當我回到教室的時候，全班同學頓時看過來。

「妳是瘋了嗎？」趙匀寓率先開口，接著突然笑了出聲，幾個同學也跟著笑了。

我也扯了下嘴角，「老師說他等等要抽考。」

「嗄——煩欸！」大家紛紛哀號。

我走回自己的座位，見到周帷念趴在桌上。我想，要和大家恢復成在另一條時間線的那種關係，短期內大概不可能，也或許沒有可能。

可是我會努力的，至少現在，他們會回應我的話，會因爲我說老師要抽考而有了反應。

✦

雖然只有一點點小小的變化，但是當我到了教室道早安時，開始有同學會和我打招呼，而不再是竊竊私語、偷偷嘲笑，或者無視我。

光是這一點改變，對我來說就已經很重要了。

我在紙上寫下每個同學在乎的事，並思考著該怎麼樣拉近距離。

「念心呀，妳在想什麼？這麼認眞。」媽媽冷不防出現在我身後，讓我嚇了好大一跳，下意識地趕緊把紙張蓋起來。「我叫了妳好幾次喔。」

「抱歉，我沒有聽到。」我不好意思地笑，起身跟著媽媽走出房間。

看見爸爸時，我忽然有點難過。在這條時間線，媽媽賠錢、爸爸受傷，這些都是早已發生且無法改變的事了。

「別忘了晚上十一點後禁食。」媽媽一邊盛飯一邊提醒爸爸，我聞言愣了愣。

「禁食？爲什麼？減肥嗎？」我問。

爸媽互看一眼，而後媽媽聳了聳肩，爸爸也扯了下嘴角，說：「爸爸明天要去例行檢查啦。」

「什麼？你身體不舒服嗎？」我抓緊爸爸的手。

「不是啦，去年爸爸不是摔下樓梯骨折嗎？那時候因為在醫院待了很長的時間，所以就順便做了健康檢查……」爸爸摸著我的頭，「結果發現得了大腸癌第一期。」

我倒抽一口氣，身子開始打顫，「那、那怎麼辦？現在、現在身體有沒有不舒服？那我……」

「念心，不要緊張，就是因為怕妳會擔心，當時才沒有跟妳說。」媽媽把手放在我的肩膀上，「當下就一併治療了，幸好發現得早，所以只需要每年定期追蹤即可。」

「根治了嗎？」我緊張地確認。

「目前我都沒有不舒服，持續追蹤就好，所以妳不要擔心，醫生也說恢復狀況很好。」爸爸哄著我。

我掉下眼淚，撲進爸爸懷中。

「好啦，沒事，我們吃飯吧。」媽媽揉揉我的頭，坐到了餐桌旁，「不過還眞是印證了塞翁失馬，焉知非福這句話呢。」

「是呀，要不是從樓梯摔下去，我也不會因為骨折得休養，於是鬧到想要做健康檢查。」爸爸爽朗地笑，「啊，妳不也一樣嗎？借車給人那次。」

「怎麼了？」我好奇地問媽媽。

「就是小徐呀，他跟我借車不是發生了車禍嗎？他住院的那段期間，一位同事代理他的職務，才發現他居然挪用公款好一陣子了，爲此公司還特別表揚我，撥了一筆獎金呢。」說完，媽媽又表示小徐也因此吃上官司。

我目瞪口呆，「爲什麼你們都沒告訴我？」

「因爲這是大人的事情呀，不過當時我用那筆獎金請你們一起吃了牛排，妳不記得啦？」媽媽好笑地問。

「妳只說那是公司給的獎金，沒提原因……難道那就是……我不知道……」我沉思著，這一切是怎麼回事？

所以說，過去發生的那些意外，其實並不是只帶來壞的結果？

假如我阻止了爸爸摔下樓梯，他可能不會去做健康檢查，就不會及早發現有大腸癌。

假如媽媽沒把車借給小徐，他盜用公款一事就不會東窗事發，而盜用公款會造成什麼後果是無法想像的。

這一刻，我感到十分迷惑。

怎樣是好的？怎樣是壞的？

還是每一件壞事都會伴隨著好事，每一件好事都會伴隨著壞事？

我突然領悟了，好或壞是不是從來就不是重點呢？

只有活在當下，才是最重要的。

✦

「歡迎光……」一看見是我，趙勻寓先是一愣，接著從花束之間直起身，表情變得有些尷尬。

「我想要買花。」我說。這家花店和我記憶中一樣，只是對趙勻寓而言，我並沒有來過她家一起做蛋糕，這是我第一次來。

「嗯，妳要買些什麼？」趙勻寓顯得不太自在。

「玫瑰吧，熱情如火，和戀愛中的感覺一樣。」我帶著笑意回應，趙勻寓一愣，隨即笑了下。

「湯念心，妳不是來買花的吧。」

我揚了揚嘴角，「是要買花，但也有事想問問妳。」

她回頭瞧了一眼身後，似乎是在確認她媽媽有沒有過來，「妳應該不是來抱怨什麼的吧？」

「當然不是，我以前太過分了，我已經深深地反省過。」我搖搖頭，「我想問妳……高一的時候，妳們是不是一起做了蛋糕給李齊珊當生日禮物，然後在她生日那天又一起去唱歌呢？」

「妳怎麼知道？」

果然，這部分是一樣的，只是少了我。

也就是說……

「周帷念沒有去幫忙做蛋糕，也沒有和你們去唱歌……對吧？」

「他爲什麼會來？」趙勻寓狐疑。

所以，他們都不認識許又日。

李齊珊會因爲始終沒解開誤會，而不和許又日聯絡，且只要李齊珊不同意，周帷念也不會主動幫許又日牽線。

「那楊景儒有去嗎？」我轉而這麼問。

趙勻寓挑起眉毛，這個表情我並不陌生。

「妳會特意問楊景儒，是因爲……」

我點點頭，證實了她的猜測。

「沒多少人發現楊景儒的心意，妳怎麼知道？」趙勻寓的表情稍稍轉爲柔和，關注別人的戀情，一直是她的興趣。

「我觀察到的。」我一扯嘴角，「我並不是那麼的……不在乎同學，我只是犯過錯。」我說了無傷大雅的謊言。

「嗯哼。」趙勻寓來到裝著玫瑰花的桶子前，彎腰挑出幾朵，「妳要買多少錢？」

「我沒什麼概念，兩百？隨妳搭配？」

「送人？還是放在家裡裝飾？」

「放在家裡裝飾。」

「嗯。」於是她挑了八朵，並且搭配其他幾款白色花朵和滿天星，又在花束下方附了簡單的保水袋，「那莊騏安呢？」

「可是林映辰喜歡周帷念。」

趙勻寓似乎很訝異我連這個都曉得。嚴格說起來，莊騏安是在林映辰放棄了周帷念後，才開始明確展開追求，所以要不是經歷過另一條時間線，我根本不可能察覺，只有像趙勻寓這樣心思細膩的人觀察再觀察，並配合一點點腦補後，才有機會發現。

這瞬間，我忽然想到了一件事。

程嘉妏呢？

趙勻寓知情嗎？

思考了下，我認爲她應該知情，因爲她從來沒問過程嘉妏關於感情的問題。

「除了周帷念的事，妳還在偷東西這件事情上找了嘉妏的麻煩。」她緩緩開口，「妳如果眞的這麼觀察入微，爲什麼要緊咬嘉妏不放？」

我決定賭一把。

「因為……我當時不曉得邱政翔老師也在那裡，如果我知道他也在，那我就不會把程嘉妏當成小偷。」

趙勻寓的目光停留在我臉上許久，最後她問：「妳知道多久了？」

「一年了。」我咬唇。

「妳一直沒說，這表示我能相信妳吧？」趙勻寓把花包好，交給了我，「妳好像不太一樣了。」

「我想，或許這才是我該有的樣子。」我抱著那束花，向趙勻寓道謝後，離開了花店。

「湯念心。」趙勻寓忽然追了出來，「以前的事情，對不起。」

她其實沒必要道歉的，這一刻我淚流滿面，不想說謝謝、也不想說沒關係，所以我只是對她一笑，「期待妳明天帶來學校的花。」

期待去學校，期待見到大家。

走在路上，我拿出手機，搜尋了許又日的臉書，心想不曉得是否還來得及讓李齊珊與他重修舊好，可是當我點開許又日的臉書時，卻愣了下。

「你做什麼啦！如果被看到呢！」

「被看到會怎樣啦！」

前方傳來的鬥嘴聲十分耳熟，我抬頭，一對男女剛從超商走出來。

「這邊沒什麼我們學校的學生吧，沒關係啦！」楊景儒穿著便服，手裡抱著一顆籃球。

「趙勻寓住在這附近，就算她說過今天要看店，也不確定會不會跑出來買東西。」李齊珊拿著兩大罐飲料，「爲什麼要來這邊的公園打球啦！」

「這裡設備比較好啊，不要罵我啦。」楊景儒接過李齊珊手上的飲料，然後攬住她的肩膀，語氣有點撒嬌似的，「話說，我們到底還要隱瞞到什麼時候？」

「等班上氣氛好一點之後再說吧。」李齊珊嘟嘴，「但我想趙勻寓應該發現了。」

「爲什麼？」

「她對這種事情就是特別敏銳。」李齊珊聳肩，接著又說了些什麼，因爲距離太遠，我已聽不清楚。

我的目光再次落回手機螢幕，許又日的臉書頁面上，有一張他和某個女孩的合照，他將這張照片設爲了大頭貼。

原來只是一個環節的改變，後續發展就可能全然不同。

我明白李齊珊有多喜歡許又日，也明白他們之間只是誤會，但我也記得當李齊珊和許又日在一起時，楊景儒暗自哭泣的模樣。

無論成全哪一方，都會有人受傷。

他們已經錯過了能夠在一起的時機，如今也各自有了新的緣分。

理解了這一點，我的眼淚不自覺地滑落，深怕自己與周帷念也已經太遲了。

我打開網拍頁面，利用搜尋功能找到了周帷念送我的那款兔子吊飾，然後按下購買。

至少，我要讓周帷念送過我的兔子吊飾回到我身邊，這樣我才能夠安心一點，能夠覺得，某種程度上我們依舊心靈相通，那些我曾經歷過的，不會只存在於記憶。

第八章

書包上的兔子吊飾搖晃著，我捏了捏，藉此獲得一點勇氣，然後踏入教室。

「早安，周帷念。」我朝周帷念打招呼，而他只是瞥了我一眼。

自從上次的事件後，他對我雖然已經沒那麼針鋒相對，但仍是不太理會我。

沒關係，不要害怕，也不要放棄。

這一次，換我追求他了。

「我早上和我媽一起做早餐，不小心準備太多了，你要不要吃？」我從提袋中拿出玻璃盒，裡頭放了鹽巴飯糰。

我得善用自己所知的情報，拉近和周帷念之間的關係。

「妳早餐吃這個？」看見飯糰，周帷念顯得相當震驚。

「對呀，做太多了，給你幾個。」他有所回應令我十分開心，所以我立刻打開盒蓋，就要把飯糰給他。

「不、我……」周帷念想拒絕，但我很快把飯糰塞進他手裡。

溫熱的米飯散發出獨有的香氣，更重要的是，鹽巴飯糰帶著回憶的色彩，周帷念盯著瞧了一會，便張嘴咬了一小口。

我眉開眼笑。他吃了，太好了。

「妳爲什麼要幫帷念帶早餐？」林映辰雙手叉腰，來到我們旁邊。

差點忘了，她也喜歡著周帷念。在另一條時間線，因爲周帷念先喜歡上我，所以她果斷地放棄，可如果是我主動追求周帷念，林映辰肯定不會輕易退讓吧。

「我就是多做了。」我說。

「多做？這藉口眞爛！」林映辰冷哼一聲，引來了大家的目光，同時剛進教室的李齊珊也注意到了。

「發生什麼事？」李齊珊一走近便見到鹽巴飯糰，頓時一愣，「這妳帶來的？」

「嗯，多做的。」其實我的確說謊了，這是我特意做的。

「映辰，妳別鬧了。」聞言，李齊珊拉住林映辰的手。

「齊珊，妳做什麼！」林映辰想抵抗，李齊珊卻要她別打擾周帷念吃飯糰。

這是李齊珊的溫柔，她一直以來都是這樣的女孩。

「很好吃，謝了。」吃完飯糰後，周帷念便趴在桌上。

我也拿起飯糰，慢慢享用。

好鹹，卻也好甜。

大概是自認飯糰拉近了我和周帷念的距離，今天的午休時間我睡得特別安穩，可是不知為什麼，我忽然醒了過來。本以為是午休時間結束了，所以我瞥了一眼手機，然而還有十五分鐘，等於我才睡著沒多久。

我看了看隔壁，周帷念正熟睡著，模樣有點可愛，而班上其他人也都發出均勻的鼻息聲。我將身子側向一邊，頭朝著後走廊的方向，準備再睡一會，接著意外瞧見後走廊上有人影。

那個人彷彿注意到我的動靜，探頭要看，我趕緊閉上眼睛。大概過了一分鐘，我才小心地微微睜眼，那裡已經沒有人了。

出於好奇，我環顧教室確認哪個位子沒人，結果是程嘉妏。

剛才在那邊的是她嗎？

不對，那個人不是穿制服。那到底是誰？

我忍不住偷偷起身想看看外頭，將臉靠近了窗戶，卻發現那裡什麼人也沒有。

剛才確實有人躲在後走廊，現在卻不見了，看來警覺心很強。

我的腦中忽然閃過一個念頭——會不會是那天的小偷？

我不想假設張老師是小偷，畢竟對方是老師。只是……

想了想，我決定直接去確認一下，求個心安也好。

所以我起身走出教室，反正遇到老師的話，就說自己是去上廁所就好。

午休時間的校園格外寧靜，只有鳥鳴聲此起彼落。我先繞到後走廊通往的小廣場，那裡空無一人，於是我又沿著廣場旁的樓梯往上走，樓上有個小小的露天陽臺，也沒有人。

正當我心想算了，決定返回教室的時候，樓梯上方傳來了聲響。

我疑惑，再往上走就是頂樓了，那裡並未開放，平時也禁止學生進入。我偷偷摸摸地爬了幾階，但即便貼著牆壁，頂樓的人若有心想留意有沒有人從樓下上來，還是能透過扶手和樓梯之間的縫隙看見。忽然，我靈機一動，待在露天陽臺雖然看不到頂樓樓梯間的狀況，不過可以稍微聽到那邊傳來的說話聲。

所以我跑回露天陽臺，託午休時間格外安靜的福，我眞的依稀聽見了一男一女的說話聲。

「妳是學生，我是老師，我已經跟妳說過很多次，這就是唯一的理由。」男人的語氣不慍不火，說得緩慢而清晰。

「我不是也說過很多次了，我知道這個事實。但我只是想了解你眞正的想法，拋開老師的身分，難道你就不能告訴我，你對我是怎麼想的嗎？」女孩的話音帶著哭腔。

這瞬間，我的心跳加快。

是邱政翔老師和程嘉妏。

過去，程嘉妏即便喜歡邱老師，似乎也沒有告白，我也不確定邱老師知不知情。

然而此刻……顯然是知道了。

呃，這好像不是我該聽的……

「妳知道我怎麼想又如何？」

「難道身爲男人，你連承認的勇氣都沒有嗎？」

「妳未成年！」

「成年又怎麼樣？成年人只會用一堆道德枷鎖箝制自己的想法！虧你時常要我們做自己，那你呢？你又是怎麼做的！」程嘉妏提高音量。

「妳小聲一點！」邱老師制止。

「你怕了？你擔心被發現，然後呢？怕上新聞、怕被革職、怕被……」

「我怕害了妳的未來！」邱老師的聲音不大，卻嚴厲得讓程嘉妏住了嘴，「妳才幾歲？妳只是把對我模糊的憧憬當成了喜歡。等妳長大以後，看過更多世界的美好以後，妳會遇到其他更好的男人、更好的對象！」

「如果你是這麼想的……那一天爲什麼要吻我？」程嘉妏的哭聲伴隨著她的話語，深深震懾了我的心，而很快，我聽到另一個聲響。

我不曉得爲什麼我會這麼敏銳，大概是因爲我將所有專注力都放在聽覺上，才能發覺有一個很輕的腳步聲正從樓梯走上來。

下意識的，我趕緊躲進露天陽臺旁的工具室，幾乎是千鈞一髮，在我關上門的同時，從縫隙間瞧見了張老師。

她輕手輕腳地來到我剛才所站的位置，側耳偷聽著。

雖然看不清楚，但我明白她那張臉上出現的扭曲代表著什麼——嫉妒。

張老師也喜歡邱政翔老師，而且看來她並不是第一次來這偷聽。她知道多久了？

一直到鐘響前五分鐘，我才有辦法離開工具室。

張老師聽了一、兩分鐘後，便從另一邊的走廊離開了，而再過幾分鐘，程嘉妏從頂樓下來，又過了一會，邱老師才也從上頭走下來。

當我回到教室的時候，原本趴著的程嘉妏似乎略顯心虛，抬起了頭，下課後還特地問我剛才去了哪裡。

我謊稱我肚子痛，去了廁所。

她沒有起疑，只說如果是經痛的話，可以跟她拿止痛藥。

我思考著該怎麼關心程嘉妏，或者該採取什麼後續行動。

體育課時，我坐在樹蔭下，梳理著思緒，覺得好像可以拼湊出些什麼，卻又少了點什麼。

假設，張老師是因爲嫉妒的關係，所以想把偷竊的事嫁禍給程嘉妏，那爲什麼又把大家的東西還回來？

還有，除了葉晨學長的證詞，我還能拿到什麼證據？

「就說了，那些東西都不行啦。」

「不然要怎麼辦？你的提議也很爛啊！」

莊騏安和楊景儒難得沒在打球，他們兩人坐在我附近的另一棵樹下聊天，聲音有點大，傳入了我的耳中。

大概是因爲在另一條時間線和他們關係不錯，我反射性搭話：「怎麼了？」

他們兩個十分震驚，面面相覷後似乎不太想理我，不過我已經沒那麼怕他們了。

我起身走到他們在的那棵樹下，他們慌得像老鼠一樣想逃。

「什麼東西不行？」我又問。

「不關妳的事啦。」楊景儒語帶抗拒。

「欸，她也是女生，問問她說不定還行？」莊騏安倒是不排斥我。

「我才不要！誰知道她會不會大嘴巴。」楊景儒沒好氣地回。

我發覺自己的觀察能力眞的變好了，既然莊騏安似乎給了楊景儒什麼建議，而楊景儒又怕我大嘴巴說出去，再加上我已經曉得楊景儒和李齊珊在一起了，因此結論就是，他們很可能在討論聖誕禮物。

「聖誕節快到了。」我淡淡開口，果不其然，他們兩個都是一驚，印證了我的猜測，「就當我自言自語好了，林映辰喜歡在景觀餐廳看夜景，李齊珊喜歡某個地下樂團。」

他們瞪大眼睛，結結巴巴地說：「妳、妳怎麼……」

「我只是自言自語。」我聳肩，然後離開了那裡。

楊景儒黯然流淚的模樣，還有莊騏安在一旁不知所措的樣子，在這條時間線都不會出現了。

希望他們可以開開心心地和自己喜歡的人在一起。

而我也是，我也要加油。

下課後，我來到周帷念身邊，想要趁勝追擊，「周帷念，你這個週末有空嗎？」

他原本不想理我，但也許是想起稍早的飯糰，於是看在飯糰的分上勉強回話：「幹麼？」

「你能陪我去動物園嗎？」

他稍稍睜大眼睛，滿臉不可思議。我明白動物園對他的意義，那是他和爸爸之間永遠無法實現的約定。

我想，他或許會問爲什麼，或者問去那裡幹麼，甚至選擇拒絕我。

各種情況的應對方式我都已經考慮好了，結果周帷念思考了一下便答：「嗯。」

想不到會這麼順利，我一時反應不過來，「眞的？」

「不是妳要約的？」他仍舊沒什麼表情。

「對，我只是沒想到你會這麼乾脆答應。」

「那就算了。」說完，他又要趴下。

「要去！當然要去！」我趕緊說，周帷念只是聳肩，轉而離開座位。

我非常開心，沒想到他會如此輕易答應我，這讓我隱藏不了臉上的笑容，同時卻注意到林映辰正瞪著我。

哎呀……目前林映辰還喜歡著周帷念。

沒辦法，我只能先不顧及她的心情了。

最後一節課是英文課，英文老師臨時有事，所以由張老師代課。張老師一進教室，原本還在和李齊珊說笑的程嘉妏臉色瞬間一變。

「大家好，我是十二班的導師，這堂課原先的老師臨時請假，所以由我代課。你們教到哪裡了呢？」張老師笑容可掬，翻開課本後詢問，「程嘉妏？」

「咦？」沒料到會忽然被點名，程嘉妏趕緊翻開課本，卻慌張得把課本弄掉到了地上。

「不要緊張呀。」張老師笑了笑，「那麼，程嘉妏，是教到哪裡呢？」

「教到第八十四頁。」英文小老師舉手回答。

「嗯，謝謝你。但我是問程嘉妏。」張老師依舊微笑，那笑意看起來卻十分弔詭，大家都察覺到了不對勁。

「第八十四頁。」程嘉妏連課本都還沒翻開，就直接回了和英文小老師同樣的答案。

「嗯，下次要認眞上課喔。」張老師柔聲說，然後翻到第八十四頁，「那程嘉妏，來唸一下這一段吧。」

「咦？」正要坐下的程嘉妏再度被點名。

「動作快點喔，不然全班都要等妳呢。」

張老師在找程嘉妏的碴，這明顯到全班同學都發現了，不過沒人清楚原因，除了趙勻寓。

她的表情複雜，既爲程嘉妏生氣，可似乎又挺喜歡這種修羅場劇情，這人還眞是喜歡看戲呢。

程嘉妏顫抖著唸完了將近一整課的課文，還被張老師糾正了好幾次發音，甚至被要求重複唸一些不容易發音的單字。

這最後一節課結束得令人非常不舒服，下課後，大部分的同學收拾好東西便一哄而散，而我則特意放慢速度，看著程嘉妏的背影。

「嘉妏……」直到確定大家都離開得差不多了，我才上前開口。

她眼淚流了滿臉，對於我的搭話感到不悅，「做什麼？」

我環顧了下四周，「我午休醒來時，看見後走廊有人。」

她臉色一僵，我不禁在內心笑她傻。要是想談一場禁忌的戀愛，得先學學該如何控制臉部表情。

「是、是誰？」她想裝傻。

「妳知道樓上的露天陽臺那邊，可以聽見頂樓樓梯間傳來的聲音嗎？」

程嘉妏的臉當場刷白，「妳想、想怎麼樣？」

「我不是想威脅妳，相信我，我絕對不會說出去。」我立刻抓住她的手。

「誰能信妳！妳一直以來都……」她甩開我，整個人往後跳。

她會有這樣的反應，我能夠理解，所以我深吸一口氣，「我喜歡周帷念。」

「什麼？」她呆住了。

要如何讓別人安心地將祕密告訴你？

首先，用一個祕密跟他換。

「我明白妳這些日子以來有多痛苦，所以我並不打算做什麼，如果可以，我永遠也不會告訴妳我知道這件事。可是，我現在有一個重要的情報要跟妳說。」我認真地說，程嘉妏卻打斷我。

「妳知道林映辰也喜歡周帷念吧？」

「我知道，所以我告訴妳，我喜歡周帷念。」

聞言，她看似稍微放下了戒心，雖然眼神仍帶著狐疑。

我告訴她自己目睹張老師偷聽他們說話，以及葉晨學長的證詞，而程嘉妏越聽神情越扭曲，但流露更多的是恐懼。再怎樣倔強，她都只是一個十幾歲的女孩。

「所以大家的東西是張老師拿的？就爲了……我知道她喜歡邱老師，也知道她針對我是因爲曉得我喜歡邱老師……可是、可是，我以爲她不曉得邱老師和我之間的事。」程嘉妏咬著手指。

「妳可以告訴我，那一天在教室到底發生了什麼狀況嗎？」我必須了解細節，才有可能找出張老師偷竊的證據。

程嘉妏猶豫了下，最後決定相信我。

「因爲那天妳不在教室，所以我等妳……中間邱老師經過教室，看到我在裡面就問了狀況……然後，我再次和他告白……」

她說，她第一次告白是在高一開學沒多久，當時邱老師只當她是說笑。

之後她又告白了幾次，邱老師總用對待孩子的方式回應她，於是她掉下眼淚，眞摯地訴說了自己的情感。

從那次以後，邱老師開始特意躲避她，可程嘉妏不屈不撓，卻在高一的暑假得到邱老師嚴正的拒絕。

然而每天都見得到的人，要怎麼樣忘記？

偷竊事件發生的那天，她再度告白，這一次她痛苦萬分，從沒哭得那麼慘過，所以她跑出教室，而邱老師追了上去。

就是那天，邱老師做出了「成人」不該有的舉動，在頂樓的樓梯間吻了她，可是馬上便把她放開了。

她追問邱老師那麼做的理由，可是邱老師選擇逃避，一路逃回了教室。

「我只是一時昏頭，大人就是這樣，可以隨便吻自己不喜歡的人！」邱老師對她說，於是她傷心地離開教室，隨即遇見我，而邱老師則躲到了後走廊。

等我離開後，程嘉妏又返回教室，告訴邱老師她不會放棄，她會記得這個吻，也會把這個吻當作是邱老師的眞心。

然後，就是大家所知的部分了，他們鎖了教室的門窗後離去。

「所以教室唯一空著的時間……那絕對就是張老師偷偷進來的時候，她肯定是在露天陽臺那邊恰巧發現了你們接吻的事。她不會想逼走邱老師，不可能說出妳對邱老師的感情，所以才用那種方式想讓妳被同學孤立。」

「只是後來害到了毫無瓜葛的妳……所以她才趕緊把東西拿回來？」程嘉妏接續了我的推理。

我們兩個興奮地握住彼此的手，這是最合理的解釋了。

「我們要怎麼證明？」

「還要證明什麼？直接去跟邱老師講啊！」程嘉妏激動地想跑出教室。

「不行！」我拉住她，「對方是老師，我們沒證據不能隨便指控，否則到時候可能會對我們不利！」

我理性地勸說，程嘉妏雖然百般不願，也只能同意我的看法。

我們決定先回家，明天再和其他同學商討對策。離開學校前，程嘉妏忽然回頭，「湯念心，謝謝妳，還有……對不起。」

我搖頭，「我才要說對不起，跟謝謝妳。」

程嘉妏一愣，隨即露出笑容，朝我揮手，「明天見。」

爲了能聽到她們再次對我說「明天見」，我非常非常地努力。

「明天見。」我強忍住眼淚，幾乎用盡力氣才能向她說出這句話。

沒關係的，即便短時間內，我們無法恢復成和在另一條時間線時一樣要好，或者可能永遠也沒辦法變回那麼要好。

但是，總會慢慢變好的。

我搭乘捷運，在自己家所在的那一站下了車，經過公園時，聽到裡頭傳來吵鬧聲。我下意識回頭張望了下，這時間怎麼還有小學生在這邊玩？

只見有個小女孩被其他小男孩圍在中間，她蹲在地上，似乎在哭，而男孩們手裡拿著樹枝戳她。

「喂！」我大喊，「你們在做什麼？」

「哇！」男孩們笑嘻嘻地逃開，我拔腿要追，無奈他們腳程更快，三兩下就逃離了現場，眞是群可惡的死小孩。

「妳沒事吧？」我跑回來關心地問，小女孩哭哭啼啼地拿開掩住臉的手，我頓時一愣，「妳是周帷念的妹妹。」

「姊姊認識我哥哥？」小女孩止住了哭泣，但臉上仍布滿淚痕。她看了一眼我身上的制服，「跟哥哥同一間學校。」

「我是妳哥哥的朋友。」在這條時間線，他妹妹並不認得我，「妳還好嗎？」我從書包裡拿出手帕給她。

「我沒事。」她堅強地自己站起來。

「他們常常這樣子嗎？」我問。

她搖頭，「只有今天，因爲他們說了我哥哥壞話，所以我拿石頭丟他們。」說完，她還驕傲地挺胸。

哇，沒想到周帷念的妹妹如此嗆辣。

「妳很喜歡哥哥呀。」我摸摸她的頭。

「對呀！我最喜歡哥哥了。」說著，她皺了眉頭，「只是哥哥好像不是很喜歡我。」

「爲什麼？」我用手帕擦去她臉上的髒汙。

「因爲哥哥在家老是這種表情耶！」她用食指將自己兩邊的眼尾往上拉，「看起來老是在生氣一樣！」

我不由得大笑出聲，「哥哥才沒有討厭妳，他很喜歡你們。」

「眞的嗎？」小女孩雙眼一亮。

「當然是眞的。」我牽起她的手，「我送妳回家吧。」

「妳知道我們家在哪？」

「我當然知道啦。」其實我去過，只是你們都不記得了。

當我將他妹妹帶到他家附近時，周帷念恰好滿臉著急地從前方轉角跑出來。一看見他妹妹，他立刻衝過來，「這麼晚了！妳跑去哪裡？」

「我和同學去玩……」他妹妹嚇得躲到了我後面，周帷念這時才注意到我。

「妳怎麼……」

「我在公園遇到大姊姊，她送我回來的。」他妹妹解釋。

周帷念聞言卻蹙起眉，而我瞧見周帷念的爸媽正在馬路對面打轉，顯然也在找女兒，於是趕緊對他們說：「你們的爸媽在那！」

周帷念回頭，他妹妹隨即喊出聲，這下子他們終於團聚，我的任務也結束了。

「眞是謝謝妳！要是沒有妳的話，跑到那麼遠的公園去，妹妹也不認得回家的路。」周媽媽再三向我道謝。

「姊姊眞的好厲害，她知道我們家在哪裡！」周帷念的妹妹天眞地稱讚我。能和他們打好關係，我感到十分高興。

最後，在周媽媽的堅持下，周帷念不太情願地送我去捷運站。

能夠多一個機會和周帷念相處，我求之不得，自然並沒有推辭。

我們兩個信步走在路上，途中周帷念並沒有開口說話，所以我主動提起他妹妹在公園遇到的事，想讓他明白，他的家人很在乎他。

「我覺得你不要在意他們把你當客人……他們是眞的愛你也接納你，這點你一定明白，或許你可以試著多敞開一點心胸，不然我們去動物園的時候，帶你妹妹一起去吧？」

周帷念忽然停下腳步，像在思考些什麼，然後倏地轉身走進一旁的巷子。

「周帷念？」我愣在原地，只見他轉頭對我招手，要我跟上。

這條巷子雖在大馬路旁，但並不引人注意，當我還在想他爲什麼要這麼做的時候，他從口袋裡拿出了菸。

「你身上怎麼還帶著……菸呢？」

「妳知道原因嗎？」周帷念終於開口。

「因爲……你想念你爸爸，對你爸爸的記憶就是菸味……」這是周帷念曾經和我說過的話。

他勾起意味不明的微笑，將菸放進了嘴裡，點燃，然後輕輕吸了一口。

和預期中不同，他並沒有嗆到或是咳嗽，而是讓那白色煙霧在他的口腔、肺部流連，最後徐徐吐出來。

煙噴到了我的臉上，他瞇起眼睛，顯然是故意爲之。

「周帷念……」我摀住自己的臉。他什麼時候抽菸抽得這麼自然了，甚至不會嗆到？這表示他這些日子以來一直都在抽？

「妳很了解我啊？」他再次吐口煙到我臉上，眼神變得冰冷。

「什、什麼？」我伸手揮散白煙，一時看不清楚他的表情。

「妳花了多少時間調查我？鹽巴飯糰、我家的位置、我妹妹、媽媽、繼父的模樣，還有香菸對我的意義，和動物園的事情。」

我倒抽一口氣。

「妳的目的是什麼？爲了不要被孤立？還是刺探我的隱私、觸碰我的傷口很有趣？」周帷念再次吐煙，我被嗆得難受，「妳好可怕。」

他冷笑一聲，往旁邊彈了彈菸灰，「不要再接近我了。」

我眼前一黑，明白了自己犯了大錯。

我亟欲拉近和周帷念的關係，卻忽略了這條時間線的周帷念尚未對我敞開心房，況且我會知道這麼多他的私事完全不合理。在這些前提下，我還妄想著硬是接近他，難怪周帷念會有這樣的反應。

「我沒有調查你！」我大喊，要是我不向他坦白，那我就會永遠失去他。

周帷念冷眼看我，「沒調查的話，怎麼可能……」

「我知道的那些事情，是調查就能發現的嗎？」我打斷他，而他一怔，顯然清楚我的話並不是狡辯。

「妳有心的話總是有辦法，我不管妳怎麼……」

「因爲我喜歡你！」我繼續大喊，趁著他愣住的瞬間走到他面前，搶過了他手上的菸盒和打火機，拿出一根菸塞入口中，點起了火。

刺鼻的難聞味道讓我再次流淚，可是再怎麼痛苦，都沒有讓周帷念消失在我的世界痛苦。

我逼自己將煙吸入肺中，不顧眼淚與鼻水直流，接著呼出白煙，吐到了周帷念臉上。

「讓我陪你一起思念父親。」

「妳在說什麼鬼話？」周帷念先是呆了呆，隨即怒吼，可是從他的眼神中，我看見了遲疑。

「你爸爸離開以後，你從沒哭過不是嗎？」我抓住他的手，香菸掉到了地上，「那不是你的錯，沒有早點發現不是你的錯、沒有制止他抽菸也不是你的錯……和新的家人相處融洽更不會是你的錯！」

是的，我忽然領悟到了，周帷念之所以與家人保持距離的原因。

那種隔閡並不是新的家人造成的，而是他自己製造出來的。

因爲要是他適應了新生活，要是他和媽媽、繼父、妹妹在一起很開心，那會不會對不起努力養育自己的爸爸？

這種沒意義的無聊煩惱，就是周帷念的想法！

「妳、妳……妳滾，妳懂什麼，妳怎麼可能懂我在想什麼！」他猶豫了，他的眼神流露出一絲恐懼，也許是不想面對現實，也許是由於我知道得太多。

他想逃開我、避開我，但是我走上前，擁抱住他。

周帷念想抗拒，可我不肯鬆手。憑他的力氣，若他眞的想，一定能輕易推開我，然而周帷念沒有。或許是我的身上也纏繞了菸的氣味，讓他想起了什麼。

然後他哭了。

他終於哭了。

我抬頭，對上他溼潤的雙眼，也掉下眼淚。我的手捧住他的臉頰，不確定是誰先主動的，我們帶著苦澀菸味的舌尖彼此交纏。

在另一條時間線發生的初吻，是那麼美妙而甜蜜，那甜美的回憶如今仍歷歷在目。

而此刻我們的吻卻交織著淚水與苦痛，還帶著一點都不浪漫的菸草味。

我們的親吻並不是出於愛情，回應我的周帷念並沒有喜歡我，這些我都明白。

分開之後，我覺得心更痛了，不過同時也欣慰著他願意將情緒宣洩出來。

他看起來冷靜些了，只是似乎不曉得該怎麼面對自己剛才的失態。

「周帷念，我所知道的那些事，有一些是你告訴我的。」我決定吐露這個最重大的祕密。

「妳說什麼？」周帷念一臉困惑，他當然不懂我的意思。

那是個很長的故事，在那個世界的你和我，彼此喜歡著。

✦

隔天，我一到班上，程嘉妏便過來拉著我說話，其他同學顯然都有些訝異，好奇地看了過來。

「我想相信班上的大家。」程嘉妏壓低聲音，「所以我認爲，這件事情應該告訴大家。」

「妳是說張老師的事嗎？」我確認。

「嗯，也許大家集思廣益，能想出別的辦法找出張老師偷竊的證據。」程嘉妏咬著下唇，此時周帷念正好進教室，在和我對上眼的瞬間，他移開了視線。

「早安。」我並不退縮，再怎麼樣，他都坐在我隔壁，我與他打招呼是理所當然。

周帷念沒有回話，而程嘉妏好奇地打量了下我們，才繼續說：「總之我是這麼想的，等早自習的時候就告訴大家。」說完，她回到自己的座位。

我並不反對她的提議，畢竟三個臭皮匠勝過一個諸葛亮。

「你昨天回家後還好嗎？」我詢問周帷念。他的眼眶周圍有點紅腫，雖然看不太出表情，可是我認爲他的態度柔和了點。

「那你把菸丟掉了嗎？還是不要抽比較好。」我又說，就算他不回答也沒關係。

「還有，我們週末的動物園之約還算數嗎？」

「湯念心，妳夠了沒有？」一個尖銳的女聲忽然打斷我，林映辰雙手環胸站了起來，趙匀寓頓時飛快地轉過頭，她不會錯過這樣的好戲。

「我……」我略一遲疑，不過林映辰是我遲早得面對的問題，「我還不夠。」

我沒有打迷糊仗，林映辰大概沒料到我會正面回應，氣得直跳腳，幾個同學驚呼出聲。

「妳這是什麼意思！」林映辰氣勢洶洶走來，「妳這樣對帷念造成困擾了！」

「眞要說的話……」聞言，周帷念驀地站起來，擋到了我面前。高大的他整個人散發出壓迫感，對著林映辰緩緩說：「妳帶給我的困擾也不小。」

大家都想不到周帷念會幫我說話，包含我自己也是，畢竟昨天最後他什麼也沒說就離開了。在我和林映辰針鋒相對的情況下，周帷念選擇了站在我這邊，情勢倒向誰已經很明朗了。

「帷念！你這是……喜歡她的意思嗎？」林映辰眼眶泛紅。

「不知道。」周帷念的回應讓人充滿遐想，於是林映辰不再說話，逕自跑出了教室。

「林映辰！」莊騏安追了上去，還在離開教室前轉身對我豎起拇指。

這一點，他還是跟以前一樣。

「哇——好看！哦不，我是說，大家快坐好，已經早自習嘍。」趙勻寓大概差點又要說出什麼想贊助之類的話了吧。

「咳。」雖然經歷了突來的插曲，程嘉妏還是起身走到了講臺上，「各位，我和湯念心有一件事情要宣布。」

「該不會是妳也喜歡周帷念吧。」李齊珊調侃，全班同學笑了起來。

「這件事很嚴肅，麻煩坐前後門附近的同學幫忙關一下門，然後楊景儒，你把莊騏安他們……算了，等他們回來再跟他們說好了。」程嘉妏謹慎的態度令大家警覺起來，配合地關上門，而她要我一起上臺，並把發言權讓給我。

站在講臺上，我深吸一口氣，全班同學都注視著我。我略過了程嘉妏和邱老師之間的糾葛，將葉晨學長所目擊的狀況告訴大家，並說張老師不知為何看程嘉妏不順眼。

張老師那天來代課時百般刁難程嘉妏，是大家有目共睹的，再加上我們兩個沒必要去汙衊一個沒什麼交集的老師，所以同學們陷入了沉默。

老師偷東西和別班同學來我們班偷東西，嚴重程度完全不同。

「現在最大的問題是，我們找不到實質證據。」即使沒有直接證據，我們還是必須想辦法找出一點間接證據，才能告訴邱老師。

「不能請那位學長作證嗎？」楊景儒的提議十分理所當然，可是不能找葉晨學長，這一點我很清楚。

「學長不方便，他的英文成績掌握在張老師手中。」我只能說了個謊，張老師確實是少數不只教一個年級的老師。

「等一下，我記得當時邱老師提過，全校的監視器都因爲消毒的關係被微調過吧？」衛生股長說話了，「我記得那週負責的老師……」他拿出全校衛生股長每次開會時所使用的紀錄本，「是張老師！那一次消毒是她負責辦理的！」

「你是要說，她早就預謀要偷我們班的東西嗎？這說得過去？」李齊珊的疑問不是沒有道理。

我和程嘉妏原本猜測張老師是因爲得知她和邱老師接吻，所以才臨時起意栽贓她，但假如在事情發生的前幾天，張老師就請消毒人員調整了監視器的角度，那就是預謀了。

如果眞的是這樣也太可怕了，選擇那一天只是湊巧，如果沒有那天的機會，張老師還是會找其他時間下手。

「打電話給消毒公司呢？問看看張老師是不是有請他們調整監視器？」趙匀寓說完，立刻行動。她拿出手機查詢消毒公司的電話，接著，平時常幫忙家裡顧店的她毫不認生，完美地找到了當時來消毒的人員，問出了眞相。

「是張老師做的。他們說，張老師請他們將全校的監視器都往旁邊移了一點。」趙匀寓沉下臉。

「張老師爲什麼要這麼做？」大家議論紛紛，我想張老師雖然討厭程嘉妏，想陷害她，但同時她也知道邱老師和程嘉妏會偷偷見面，所以或許調整監視器這件事……某部分也是爲了保護邱老師吧。

當然，這只是我的猜測，我們也不可能去詢問她。

「這個證據還不夠嗎？」楊景儒問。

「還不夠。」我咬著下唇思考，忽然間靈光一閃，「李齊珊！」

「有？」突然被我點名，李齊珊嚇了一跳，反射性地答。

「我記得妳的手機有網路吃到飽，又一直開著定位，妳能確認那天妳的手機被偷之後，被帶到了什麼地方嗎？」我問，李齊珊頓時愣住。

「妳怎麼會知道……」她邊說邊拿出手機，所有人湊到她身邊，看著她調出前幾天的定位紀錄，「有了。」

不得不讚歎科技的發達讓每個人都無所遁形，只見定位的路徑從教室延伸至導師室，然後又到了空中花園，最後回到教室。

「那天我在手機不見之前，根本沒去過空中花園，也沒去找老師。」李齊珊喃喃說，「這足夠證明嗎？」

「應該夠了！」程嘉妏亮了眼睛。雖然依舊沒有直接證據，但畢竟是張老師請消毒公司的人員移動了監視器，而大家的東西遭竊之後，又曾短暫被放在導師室，因此張老師絕對脫不了嫌疑。

「由我去告訴邱政翔老師。」程嘉妏對同學們說完，便跑出教室。

「等一下，我的定位紀錄可以當證據呀！」李齊珊大喊。

我趕緊拿過她的手機，然後跟著跑出教室，「我去追她！」

我的心跳飛快，我和班上的同學們同心協力完成了不可能的任務，打了一場漂亮的勝仗。

心情如此激動，每邁出一步，我的心都跳得更快。程嘉妏就在前方，我高興地揮手想喊她，卻見到她忽然靠向一旁的牆壁，似乎在無聲哭泣。

我停下腳步，還在猶豫要不要上前，程嘉妏已經發現了我。

「湯念心……」她站直身子，擦去了眼淚。

「妳怎麼了？」

「我只是……猶豫了。」

「爲什麼？我們抓到了張老師的把柄，妳不開心嗎？」

「我當然開心，可是……」程嘉妏揚起笑容，眼淚卻再次滑落，「可是……我只要一想到，她也只是喜歡著邱老師……只是跟我一樣喜歡得那麼辛苦……我就覺得……」

「妳太善良了。」我咬著下唇。她和張老師怎麼會一樣呢？

張老師是成年人，比她更有資格、更能光明正大地站在邱老師身邊，辛苦的程度根本遠遠不及她。

我沒把這番話說出口，不過或許是我的表情明顯流露擔憂，程嘉妏微微一笑。

「爲什麼我能從妳的表情看出妳的擔心？」她歪頭，下一秒忽然抱住我，「謝謝妳為我擔心，我從沒想過這樣的戀情……也能得到朋友的祝福。」

她的擁抱令我措手不及，也溫暖至極。我伸手回擁住她，並拍了拍她的背，「說眞的，我怕張老師又欺負妳……」

「沒關係的，反正再過一年就要畢業了。」她抬起頭，猶帶淚痕的臉龐上流露出些許嬌羞，「其實我昨天……就告訴邱老師妳的推測了。」

「那老師說了什麼？」

「邱老師說他會處理，要我們沒證據的話就別再說了。」她咬著下唇，「當時我以為他是想保護張老師，所以很生氣，又向他告白一次，他還是那套我們是老師和學生、我未成年之類的理由。可是……不知道為什麼，這一次我改口問他，所以如果我畢業了，他就會接受我了嗎？」

我倒抽一口氣，「他怎麼回答？」

「他沒有回答。」程嘉妏笑了，「我說，如果我畢業了，你就會接受我，那你就不要回答。」

「這個意思是……」我簡直必須摀住自己的嘴才可以克制住尖叫。

「再多等一年，好像也沒什麼。」程嘉妏瞇眼。

她的戀情，終於在這場風波後開花結果了。

尾聲

最終，偷竊事件就這樣落幕，我們不清楚邱老師是否有跟張老師說些什麼，但反正我們班本來就不會跟張老師有太多交集。

其他同學對於程嘉妏沒揭發張老師頗有微辭，於是趙匀寓跳出來安撫大家，要同學們尊重她的決定。

雖然有些粗神經的人無法理解爲什麼程嘉妏沒被偷東西，大家卻得尊重她的決定，總之，大家還是接受了這不夠完美的結果。

趙匀寓連問都沒問，就透過程嘉妏的反應猜到她的戀情出現了曙光，爲此好像還流下了感動的淚水。

而楊景儒買到了某地下樂團的演出票券，李齊珊尖叫著說那是她最愛的樂團，親了楊景儒的臉，楊景儒樂得說要連續一個月請我吃早餐。

至於林映辰，畢竟周帷念都公開表示感到困擾了，她便和另一條時間線的她一樣，乾脆地放棄了，只是就沒那麼有風度了，她到目前爲止都還在氣我——對，氣我，不是氣周帷念。

莊騏安倒是很開心，他私下跟我說，等楊景儒請完一個月的早餐，就換他接力來請。

✦

跨年前夕，我來到空中花園，冷冽的風肆意吹來，四下空無一人。

包含神祕的葉晨學長。

自從那天之後，我便再也沒見過他。

他給了我一個重新檢視自己的機會，讓我明白想要改變永遠都必須靠自己。

後頭傳來腳步聲，周帷念站在那裡，雙手插在口袋，不可一世地看著我。

「妳眞的回到過去，改變了許多事情，卻又回來現在？」他劈頭就問。

那已經是我一個月以前告訴他的事了。

我轉向他，任憑風吹亂我的頭髮，「是的。」

「所以我眞的主動追求妳？」

「嗯。」

「噁心。」他冷哼一聲，說的話有夠沒禮貌。

可是我笑了。

「你就知道自己多噁心。」

「那個學長怎麼不在這裡？」周帷念稍微張望了一下。

「不曉得，我再也沒見過他。」

「要是我也能回到過去該有多好。」周帷念的言下之意，大概是想改變他爸爸的命運吧。

「可是我體悟到，我們永遠都只能活在……」

「我知道啦，活在現在。」周帷念不耐煩地嘖了聲。

他忽然正色，「雖然我們接吻了，但妳應該明白……」

「我明白，你還沒喜歡上我。」

「還沒？」他對這兩個字感到疑惑，「所以妳是覺得，我一定會喜歡上妳？」

「如果人的個性不會輕易改變，喜好也不會隨意改變的話，那沒錯，你會喜歡上我。」

「還眞有自信。」他嘖了聲，忽然走近我，伸手想把我的髮絲勾到耳後，然而風太強了，我的頭髮只是飛舞得更張狂，「那我就拭目以待，妳使出渾身解數讓我喜歡上妳。」

我漾開笑容，接受了他的挑戰。

「你怎麼會相信我眞的回到了過去？」

「就像妳說的，因爲很多事不是想調查就調查得到，例如動物園的約定，例如我和家人的關係。」他頓了頓，「例如許又日和李齊珊。」

那個曾經出現在另一條時間線，在這條時間線卻沒有出現在我面前的男孩，許又日。

「如果妳的話屬實，那他和李齊珊就錯失了能夠在一起的機會。」周帷念聳肩，「誰知道呢，反正也有楊景儒。」

不管怎樣，總是有人會傷心、有人會得到幸福。有了新的需要珍惜的緣分，或許也是一種好的結局。

「不過我還是覺得奇怪，妳爲什麼會喜歡我？」周帷念又跳回這個話題。

我也問過自己，爲什麼周帷念會喜歡我。

「沒有理由。」

是呀，怎麼會有理由。

「眼光眞差。」他冷淡地說。

「嘿，你不要說我喜歡的人的壞話喔。」

「妳講話眞的很噁心。」他皺眉。

「這句話原封不動還給你。」我笑了笑。

他聳肩，轉身返回走廊，又停在那裡轉頭看我，「妳不回教室？」

「當然要回去。」我立刻跟上他，在轉進走廊前，回頭望了一眼葉晨學長曾經在上頭跳躍的長椅，彷彿還能看見他的身影。

「謝謝你。」我低聲說，感謝那個如夢似幻的奇蹟。

然後離開了這裡，回到我的教室。

全文完

後記　你有想要回去的那一天嗎？

首先，謝謝大家看完《回到月亮許諾的那天》，希望大家喜歡這個特別的故事，帶了一點點超自然元素在裡頭。

一直以來，讀者們很喜歡問我的其中一個問題便是「人名怎麼取」，我在這邊回覆大家。早期人名都是自己想，靈感總是能源源不絕，後來作品越寫越多，人名也越來越難取，於是我開始會把朋友或客戶的名字改掉幾個字拿來用，或是瀏覽網路文章挑字，再去參閱《百家姓》，近幾年則會看大學榜單取名。

不過在《回到月亮許諾的那天》裡，除了男女主角周帷念和湯念心，其他所有名字都是小Misa提供的本名。

前些時候我在IG發過問答，若是不介意被寫成壞人或不幸福的人，那麼請大家將自己的本名借給我在書中使用。

所以，此書中出現的所有配角們，謝謝你們願意提供名字給我，大愛你們。

沒意外的話，這個系列的配角都會使用小Misa提供的名字。

回到故事本身，你們有想回去的那天嗎？

有沒有哪一天曾做過的事是你很後悔的，一直想回去改變呢？

記得我在直播中分享過，以前的我總是希望可以回到某天，改變某件事情，或是從某天開始重新活過，讓我可以中樂透變成大富翁，或改變和某個人的關係等等。

可是現在的我只要想到，如果眞的回到過去重新開始，那我這一堆小說不都要重寫了嗎？喔不，我沒有辦法，我做不到，我根本無法寫出一模一樣的故事啊！

所以，我毅然決然放棄了這個想法哈哈哈哈。

其實，如果你喜歡自己目前的生活或身邊的人，哪怕只有很細微的一件小事，那就不需要想著重回過去。

故事中湯念心回到過去後，一切的確改變了，她經歷了許多看似美好的人事物，然而返回原本的時間線後，卻發現世間萬物都是一體兩面，沒有全然的好，也沒有全然的壞，光憑現下的狀況並無法完全預料未來的好壞。

而關於許又日，大家是否會覺得可惜呢？

人與人的關係有時就是這樣，雖說有緣的話總能走到一起，但那個契機往往稍縱即逝。可對李齊珊來說，無論是許又日還是楊景儒，不都是一段美麗的緣分嗎？

至於湯念心和周帷念之間的結局，大概有些人會覺得惋惜，不過我也認爲這樣的結局是最合適的。

如果人的個性不會改變，那周帷念愛上湯念心不就是必然嗎？雖然也許他們會錯過那個契機，但目前看起來，是還沒有喔。

關於趙勻寓這個角色，最初我設定她是冰山美人的類型，後來她卻變成了愛看戲的女孩，幾乎是在下筆的瞬間，她就成了這樣的個性，是配角群中我最喜歡的角色。

對於邱政翔老師，多少人想到了秋老師呢？一樣都姓邱，但此邱非彼秋，只是兩位老師都有同樣的堅持，就是「等妳畢業」。

假如彼此的愛情眞的足夠堅定，那麼等到畢業也沒關係，不是嗎？

此外我發現，自己的小說裡有一些奇怪的共同點，例如英文老師永遠是女生、國文老師永遠是男生、學生的班級大多是五班或七班，這是爲什麼呀？XD 不過我想往後我還是會繼續這樣設定的。

好啦，愉快的後記時間就要結束了，在這邊想問問大家，你們會希望我在後記分享些什麼呢？基本上我都會寫關於這本小說的事，只是不少人（包含我）的壞習慣都是會先偷看後記，所以有時我又不想寫得太多。

歡迎大家告訴我想法唷！

這本小說讓我創下了在極短的時間內寫完的紀錄，感謝馥蔓和思涵的等待。那天在IG看到阿POPO公布最會拖稿的作者時，我還心虛了一下，最後鬆了一口氣哇哈哈。

最後，謝謝購買此本書的妳／你。
那我們下次見。

Misa

國家圖書館出版品預行編目資料

回到月亮許諾的那天 / Misa著. -- 初版. -- 臺北市；
城邦原創出版：家庭傳媒城邦分公司發行, 2020.07
面； 公分

ISBN 978-986-98907-7-9（平裝）

863.57 109010040

回到月亮許諾的那天

作　　者／Misa
企畫選書／楊馥蔓
責任編輯／陳思涵
行銷業務／林政杰
總 編 輯／楊馥蔓
總 經 理／伍文翠
發 行 人／何飛鵬
法律顧問／元禾法律事務所　王子文律師
出　　版／城邦原創股份有限公司
台北市中山區民生東路二段 141 號 6 樓
電話：(02) 2509-5506　傳眞：(02) 2500-1933
E-mail：service@popo.tw
發　　行／英屬蓋曼群島商家庭傳媒股份有限公司城邦分公司
聯絡地址：台北市中山區民生東路二段 141 號 6 樓
書虫客服服務專線：(02) 25007718．(02) 25007719
24小時傳眞服務：(02) 25001990．(02) 25001991
服務時間：週一至週五09:30-12:00．13:30-17:00
郵撥帳號：19863813　戶名：書虫股份有限公司
讀者服務信箱 email：service@readingclub.com.tw
城邦讀書花園網址：www.cite.com.tw
香港發行所／城邦（香港）出版集團有限公司
地址：香港灣仔駱克道 193 號東超商業中心 1 樓
email：hkcite@biznetvigator.com
電話：(852)25086231　傳眞：(852) 25789337
馬新發行所／城邦（馬新）出版集團 Cité(M)Sdn. Bhd.
41, Jalan Radin Anum, Bandar Baru Sri Petaling,
57000 Kuala Lumpur, Malaysia.
電話：(603) 90563833　傳眞：(603) 90576622
email：services@cite.my
封面設計／Gincy
印　　刷／漾格科技股份有限公司
電腦排版／陳瑜安
經 銷 商／聯合發行股份有限公司
客服專線：(02)2917-8022　傳眞：(02)2911-0053

■ 2020 年 7 月初版
■ 2023 年 8 月初版 7.8 刷

Printed in Taiwan

定價 / 270元

ISBN　978-986-98907-7-9

POPO城邦原創 www.popo.tw　城邦讀書花園 www.cite.com.tw

本書如有缺頁、倒裝，請來信至service@popo.tw，會有專人協助換書事宜，謝謝！